헤르만 헤세 Hermann Hesse (1877~1962)

1877년 독일 칼프에서 태어나 선교사인 부모 아래서
성장했다. 1891년 마울브론 신학교에 입학하지만 '시인이
아니면 아무것도 되지 않겠다'라는 생각으로 학교에서
도망친다. 튀빙겐, 바젤의 서점 점원으로 일하면서 글을
썼고, 1898년 첫 시집 『낭만적인 노래』를 출간한다.
여행에도 관심이 많아 1901년 이탈리아를 시작으로 꾸준히
여행을 떠났으며, 1911년에는 인도네시아, 말레이시아 등을
여행했다. 1920년대 중반 뉘른베르크 등지를 여행한 뒤에는
산문집 『뉘른베르크 여행』을 펴내기도 했다. 헤세는 총 세
번의 결혼을 했으나, 방랑과 은둔 생활에 경도되어 원만한
관계를 이어가지는 못했다.
『페터 카멘친트』(1904)를 기점으로 본격적인 작가의 길을
걷게 된 그는 이후 자전소설 『수레바퀴 밑에』를 비롯해
『크눌프』 『청춘은 아름다워』 등을 펴냈고, 1919년에는
정신분석 연구를 기반으로 쓴 『데미안』을 에밀 싱클레어라는
이름으로 출간해 호평받았다. 『방랑』 『위기』 『밤의 위안』
등 시집 또한 꾸준히 출간했으며, 수채화 실력도 뛰어나
다수의 작품을 남겼다. 1917년 카를 융의 제자 랑 박사의
권유로 시작한 그림 그리기는 그가 정신적 안정을 되찾도록
이끌었다.
노벨문학상, 괴테상을 비롯해 많은 문학상을 수상했고,
1956년 독일예술후원회는 '헤르만 헤세상'을 제정하기도
했다. 내면과 세계의 갈등 및 화해를 깊이 있게 다룬
그의 작품들은 깨달음을 향한 끈질긴 탐구의 결과물로
평가받는다. 1962년, 뇌출혈로 인해 여든다섯의 나이로
세상을 떠난 헤세는 생전 소원대로 스위스 몬타뇰라 근방의
성 아본디오 묘지에 안장되었다.

헤르만 헤세의 문장들

헤르만 헤세의
문장들

헤르만 헤세

홍성광
엮고 옮김

마음산책

엮고 옮긴이 | **홍성광**

서울대학교 인문대 독문과 및 대학원을 졸업하고, 「토마스 만의 장편 소설 『마의 산』의 형이상학적 성격」으로 박사학위를 취득했다. 저서로 『독일 명작 기행』 『글 읽기와 길 잃기』, 역서로 루카치의 『영혼과 형식』, 쇼펜하우어의 『의지와 표상으로서의 세계』 『쇼펜하우어의 행복론과 인생론』 『쇼펜하우어와 니체의 책 읽기와 글쓰기』, 니체의 『비극의 탄생』 『차라투스트라는 이렇게 말했다』 『도덕의 계보학』, 토마스 만의 『예술과 정치』 『마의 산』(상·하), 『부덴브로크 가의 사람들』(상·하), 『베네치아에서의 죽음 외』, 괴테의 『이탈리아 기행』 『젊은 베르터의 고뇌』, 헤세의 『헤세의 여행』 『잠 못 이루는 밤』 『데미안』 『수레바퀴 밑에』 『싯다르타』, 카프카의 『성』 『소송』 『변신 외』 등이 있다. 한독문학번역연구소 창립 30주년 기념 특별 번역가상을 받았다.

헤르만 헤세의 문장들

1판 1쇄 발행 2022년 5월 10일
1판 3쇄 발행 2023년 10월 20일

지은이 | 헤르만 헤세
엮고 옮긴이 | 홍성광
펴낸이 | 정은숙
펴낸곳 | 마음산책

편집 | 성혜현·박선우·김수경·나한비·이동근
디자인 | 최정윤·오세라·한우리
마케팅 | 권혁준·김은비·권지원
경영지원 | 박지혜

등록 | 2000년 7월 28일(제2000-000237호)
주소 | (우 04043) 서울시 마포구 잔다리로3안길 20
전화 | 대표 362-1452 편집 362-1451   팩스 | 362-1455
홈페이지 | www.maumsan.com
블로그 | blog.naver.com/maumsanchaek
트위터 | twitter.com/maumsanchaek
페이스북 | facebook.com/maumsan
인스타그램 | instagram.com/maumsanchaek
전자우편 | maum@maumsan.com

ISBN 978-89-6090-735-5 03850

* 책값은 뒤표지에 있습니다.

아는 척하고 혹평하는 사람이 아니라
사랑하고 인내하며 용서할 줄 아는 사람이
늘 승리했습니다.

헤르만 헤세(1877~1962)

차례

고단한 삶의 역정을 견뎌온 헤세,
풍경에서 내면에 이르기까지 그를 지탱해준 문장들

꺾인 나뭇가지
벌써 여러 해 동안 그대로 매달려
바람에 메마른 노래 삐걱거린다.
잎도 다 떨어지고 껍질도 없이
벌거숭이로 색 바랜 채
너무 긴 생명과 너무 긴 죽음에 지쳐버렸네
딱딱하고 끈질기게 울리는 그 노랫소리,
반항스레 들린다.
마음속 깊이 두렵게 울려온다.
또 한 여름, 또 한 겨울 동안.
—「꺾인 나뭇가지의 삐걱거림」『시집』

이 책은 우리에게 친숙한 헤세의 모습과 더불어 그동안
놓치고 지나온 그의 다채로운 면모를 살펴볼 수 있는,
주옥같은 문장들을 엮은 것이다. 그중에서도 헤세의 삶에서
중요했던 자연과 정원 가꾸기, 여행, 책의 세계와 글쓰기,
삶의 지혜, 사랑과 우정, 내면이라는 여섯 가지 주제를
추려보았다.
자연에 대한 헤세의 사랑은 그의 많은 저서와 더불어 그가
남긴 그림들에서도 익히 볼 수 있다. 그는 자연을 먼발치에서
바라보고 감상하는 것에 그치지 않고 직접 그 안에 동참하기를
즐겼는데, 그 예로 정원 가꾸기는 헤세가 애정을 쏟은 취미
중 하나였다. 또 하나의 취미이자 그의 업이기도 했던 독서와

글쓰기 역시 그의 생애에서 빼놓을 수 없다. 헤세는 열다섯 살에 남독일의 마울브론 신학교를 그만둔 후 일찍이 책의 세계에 빠져들었고 이는 그의 여행에도 큰 영향을 미친다. 서점에서 일을 하기도 했던 그는 수습생 생활을 하던 1901년 이탈리아로 여행을 떠나 그 뒤로도 여러 번 이탈리아를 여행했고, 곳곳으로 낭송 여행을 떠나기도 했다. 1920년대 중반 뉘른베르크를 비롯한 여러 도시를 여행한 뒤에는 『뉘른베르크 여행』이라는 책을 펴냈다. 인도네시아 역시 그가 여행한 나라들에서 빼놓을 수 없는 중요한 장소인데, 헤세는 그 과정에서 불교와 도가 사상을 접하면서 삶의 지혜와 행복을 추구하게 된다. 헤세가 행복을 좇게 된 데에는 고질적인 그의 신경증 탓도 있었는데, 그는 마울브론 신학교에서 퇴학당한 후 처음으로 정신의 위기를 겪었고, 제1차세계대전(이하 1차대전) 중 두 번째 정신적 어려움을 겪는다. 그 이후로도 그의 외적, 내적 삶은 그리 평탄하지 않았다. 많은 친구와 우정을 쌓았던 그였지만 불안정한 내면과 방랑, 도피를 향한 동경은 결코 그를 평온한 삶으로 이끌지 않았다. 일례로 헤세는 총 두 번의 이혼과 세 번의 결혼을 한 것으로 알려져 있기도 하다.

이렇듯 헤세와 세상의 관계는 결코 편안하지 못했다. 1차대전이 발발하자 평화를 사랑한 그는 전쟁에 반대하는 글을 발표했다. 그러자 그는 사방에서 '둥지를 더럽힌 배반자' '지조 없는 인간'이라는 비난을 받게 되었다. 언론뿐 아니라 친구들도 그를 매도하며 절교를 선언했고, 헤세의 집에는 그를 비난하고 저주하는 내용의 수많은 엽서와 편지가 쇄도했다.
절망적 심정에 빠진 그는 세상에서 고립되어 외톨이가 되었고
비참해졌다. 이런 상황에서 그는 자신의 눈을 외부에서 내부로
돌려 스스로 냉정히 성찰할 기회를 갖는다. 이른바 '내면으로
가는 길'이 시작된 것이다. 정신분석 치료와 그림 그리기를
병행하며 자신의 내면을 깊이 들여다본 결과, 『데미안』
『싯다르타』 등의 작품들과 더불어 많은 그림들이 탄생하게
되었다. 평생 우울증과 신경증에 시달리며, 무엇보다도 이
세상과 화합하고자 정신적 문제를 고민해온 헤르만 헤세.
그의 작품들은 긴긴 여행에서 돌아온 그가 우리에게 건네는
처절하고도 섬세한 유산이다.

헤세의 어린 시절과 삶

어려서부터 헤세는 고집이 세고 반항적인 아이였다. 그는
강요받는 것을 극도로 싫어했다. 따라서 경건주의자였던
부모의 억압적인 양육 방식은 청소년기의 헤세에게
트라우마로 작용했고 반발심을 자극했다. 그의 어머니가 어린
헤세의 폭군 같은 기질과 감정의 폭풍을 두려워할 지경이었다.
결국 헤세가 여섯 살 때 부모는 아이의 고집을 꺾기 위해 그를
기숙 유아원으로 쫓아 보냈다. 헤세는 그곳에서 육 개월간
있었는데, 집으로 돌아왔을 때는 창백하고 야윈 데다 풀이 죽어
있었고, 훨씬 다루기 쉬운 아이가 되어 있었다.
그러는 한편, 헤세는 어린 시절에 대해 '나는 천국에서

살았다'라고 말할 정도로 행복한 경험을 하기도 했다. 그의
유년에는 부모에게 배척받았던 기억과 아름다운 추억이
공존했다. 어릴 때 그는 어머니 무릎에 앉아 그림책을 보면서
성서와 그림 형제의 동화, 인도와 아프리카의 선교 이야기 등을
들었다. 또한 헤세와 그의 형제들은 집을 떠나 있곤 할 때 각자
아름다운 장문의 편지를 어머니에게 매주 한 통씩 받았다.
형제들끼리 서로 편지를 주고받지 않더라도 어머니의 편지로
다른 형제의 삶이나 형편에 관한 중요한 내용을 알 수 있었다.
어머니는 또한 일평생 시를 썼고, 수많은 일기도 남겼다. 헤세는
어머니의 이야기들이 자신을 황홀하게 만들었고, 상상력을
자극했다고 회상한다. 노년기에 누나에게 보낸 편지에서도
역시 '어머니의 사랑스러운 모습은 여전히 내 인생에서 가져본
최고의 이미지다'라고 쓰고 있다.

아버지에 대한 아름다운 추억도 있다. 아홉 살 때 아버지에게서
바이올린 선물을 받은 헤세는 그 악기를 즐겨 연주하곤 했다.
아버지는 직접 그리스어와 라틴어를 가르쳐주기도 했고,
강가에 나가 달빛 아래에서 괴테의 시를 낭송해주기도 했다.
이 모든 기억들이 겹쳐져, 헤세는 노인이 되어서도 어린 시절
크리스마스 촛불의 황홀함을 추억하곤 했다. 이런 사랑의
기억은 배척받았다는 감정과 함께 부모에 대한 양가감정을
이룬 것으로 보인다.

1890년 2월, 열세 살의 헤세는 괴핑겐으로 가서 라틴어
학교를 다녔다. 신학교 입학에 도움이 되는 뷔르템베르크의

주州 시험을 준비하기 위해서였다. 그는 훗날 괴팅겐 시절을
긍정적으로 회고하기도 했는데, 그곳에서 한 수업은 실제로
그가 바라던 결과를 가져다주기도 했다. 1891년 6월 시험에
합격한 헤세는 그해 가을 마울브론 신학교에 입학했다. 엄격한
시험으로 학생들을 선발해 목사로 배출하는, 권위와 전통을
자랑하는 명문 신학교였다. 학생들은 수도승처럼 검소한 생활을
해야 했고, 고대언어를 익히며 철저하게 고전 공부를 했다.
헤세는 그리스, 로마의 문학과 중세 문학을 현대 독일어로
번역하고, 실러*와 클롭슈토크**의 작품을 읽으며 독서 모임을
만드는 등, 그곳에 잘 적응하는 것처럼 보였다.
당시 헤세가 부모에게 보낸 편지들을 읽어봐도 그는 신학교
생활에 그럭저럭 만족해하는 편이었다. 그곳 분위기를
비교적 자유롭게 여겼고, 수업에도 나름대로 흥미를 느꼈다.
몇몇 예외가 있었지만 교사들과 동료 학생들도 대체로
헤세의 마음에 들었다. 하지만 헤세는 신학교에 다닌 지
육 개월 만인 1892년 3월 7일, 마치 그의 작품 『수레바퀴

---

* 프리드리히 폰 실러Friedrich von Schiller, 1759~1805는 괴테와 함께 독일 고전주의 시
대를 연 극작가 겸 시인이다. 작품으로 『도적 떼』 『간계와 사랑』 『오를레앙의 처녀』
『빌헬름 텔』 등이 있다. 그의 초기 비극은 정치적 억압과 전제적 사회 관습을 공격
하곤 했으나, 후기 희곡들은 육신의 허약함을 초월하고 물리적 조건을 극복하는 영
혼의 내적 자유에 관한 내용이 주를 이룬다.

** 프리드리히 고틀리프 클롭슈토크Friedrich Gottlieb Klopstock, 1724~1803는 독일의 감상
주의 작가다. 대표작으로 『메시아Der Messias』가 있다. 괴테와 횔덜린, 릴케 등에게
영향을 주었다.

밑에』의 한스 기벤라트처럼 갑자기 학교에서 사라졌다.
학교 측에서는 실종 신고를 하고 근처 숲속을 수색했지만
그를 찾지 못했다. 하루가 지난 3월 8일 점심때가 되어서야
그는 경찰에 붙잡혀 신학교로 돌아왔다. 학교를 무단이탈한
벌로 여덟 시간 동안 감금되는 처벌을 받았다. 이 사건 이후
헤세는 선생님과 동료 들에게 따돌림을 당하고 고독한
외톨이 생활을 하게 되었다. 헤세는 우울증에 빠지는 등의
정신적인 위기를 맞았고, 3월 20일의 편지에서는 '저녁놀처럼
사라지고 싶다'며 자살에 대한 생각을 내비치기도 했다. 결국
학업을 계속할 수 없을 정도로 건강이 나빠진 그는 1892년
5월, 학교에서 일시적인 요양 휴가를 받았다. 공식적으로는
그의 건강을 되찾기 위한 조처였으나 사실상 퇴학을
의미했다. 부모의 관심과 주위의 기대를 한 몸에 받으며
명문 신학교에 입학한 그는 결국 학교를 그만두게 되었다.
아버지는 헤세의 이런 생활에 크게 실망했고, 불명예 퇴학을
당한 소년 헤세는 인생의 방향감각을 잃은 채 방황했다.
당시의 심정은 그의 시 「달아나는 젊음Jugendflucht」(1897)의
마지막 연에 잘 나타나 있다.

지친 나는 먼지투성이가 되어 걷는다.
젊음은 등 뒤에서 주춤하며 멈춰 선 채
더는 나와 함께 가지 않겠다며
아름다운 머리를 숙인다.

헤세는 바트 볼 요양원으로 보내졌지만, 흥분 상태에서
반항하며 분노를 표출했다. 게다가 입원한 지 한 달 정도 되던
무렵 외출을 나갔다가 일곱 살 연상의 여인을 만나 짝사랑에
빠졌고, 그에게 거부당하자 권총 자살을 하겠다고 위협하는
글을 남기기도 했다. 요양원에서는 그런 그를 두고서 '악령에
사로잡혔다'는 진단을 내렸다. 이후 그의 어머니가 슈테텐
정신병원으로 데려가자, 헤세는 자신을 감옥에 가둔다며
격렬하게 저항했고, 부모와 기독교를 신랄하게 공격했다.
다행히 석 달 만에 퇴원한 헤세는 이후 1892년 11월에 바트
칸슈타트 김나지움에 입학할 수 있었다. 그곳에서는 성적도
좋고 잘 적응하는 것 같았으나, 이내 몇 달 뒤 학업에 흥미를
잃고 두통과 무기력에 시달렸다. 결국 구 개월간 그곳에 머무른
것으로 헤세의 학창 시절은 영원히 끝나고 말았다.
열여섯 살 때 헤세는 근처 마을 에슬링겐에서 서점 점원으로
일하기 시작했으나 삼 일 만에 말없이 사라져버렸다.
그러다가 칼프의 시계탑 공장에서 육체노동을 하면서
정신적 안정을 얻었다. 이 기간 동안 헤세는 외할아버지의
서재에 있는 책들을 열심히 읽었다. 열여덟 살에는 아버지의
주선으로 튀빙겐의 헤켄하우어 서점의 수습 점원으로
일하면서 괴테와 니체를 중심으로 문학책과 철학책을 열심히
읽었고, 기독교를 비판하면서도 성서와 신학책을 읽으며 그
의미를 새로이 숙고하기도 했다. 열아홉 살 때부터 시를 쓰기
시작한 헤세는 이 년 뒤 자신의 시집 『낭만적인 노래Romantische
Lieder』를 부모에게 보냈다. 어머니는 시의 구조에 대해서는

높이 평가했으나, 시의 내용이 너무 제멋대로고 속되다고
비판했다. '하느님께 향하고 너무 음란하지 않도록 하라'고
충고하기도 했다. 헤세는 분노에 차 그 편지를 불태워버렸고,
이후 어머니와의 관계는 악화되었다. 스물두 살에 헤세는
다시 아버지의 주선으로 바젤의 두 서점에서 약 사 년간
일했다. 거기서 니체 철학과 부르크하르트*의 역사관에 큰
영향을 받았다.

『페터 카멘친트』의 출간 시기를 기점으로 헤세는 서점 일을
그만두었다. 이 시절 그는 자유로운 전업 작가로 신문과
잡지에 글을 기고하는 한편 도스토옙스키, 쇼펜하우어,
신지학, 신비주의, 도가 사상을 공부하기도 했다.
뒤이어 발표한 『수레바퀴 밑에』로 그는 크게 유명해졌지만,
부부관계가 나빠져 우울해하며 고독을 느끼기 시작했다.
이러한 고독감과 우울감은 그의 유명한 시 「안개 속에서」에도
드러나 있다.

안개 속을 거닐면 이상하구나!
숲이며 돌은 저마다 외롭다.
어떤 나무도 다른 나무를 보지 못한다.
누구든 다 혼자다.

---

* 야코프 부르크하르트Jacob Burckhardt, 1818~1897는 예술·문화사를 최초로 연구한 사
람 중 하나로, 그의 가장 잘 알려진 저서 『이탈리아 르네상스의 문화』는 문화사 연
구 방법의 귀감이 되었다.

나의 삶이 아직 환했을 때
세상은 친구들로 가득했건만
이제 안개가 내려
더는 아무도 보이지 않는다.

어쩔 수 없이 모든 것과
사람을 조용히 갈라놓는 그 어둠을
모르고 사는 사람은
정녕 누구도 현명하다 할 수 없다.

안개 속을 거닐면 이상하구나!
삶이란 고독한 것
어떤 사람도 다른 사람을 알지 못한다.
누구든 다 혼자다.

진작부터 여러 가지 질병으로 고통받고 있던 헤세는 서른
살 때 몬테 베리타 요양원에, 서른두 살부터 서른다섯까지는
헤트비히 요양원에 입원해 치료를 받았다. 그리고 1차대전
중인 1916년 3월 헤세의 아버지가 사망한다. 게다가 부인의
정신병이 악화하고 막내아들 마르틴마저 뇌막염에 걸리자,
헤세 또한 심한 신경쇠약에 시달렸다. 헤세는 1913~14년 무렵
글을 통해 정신분석을 처음으로 알게 되었는데, 1916년에는
루체른 근처 존마트의 요양원에 입원해 요양 치료를 받으면서

헤르만 헤세의 문장들

시내에 개업하고 있던 카를 융*의 제자 랑 박사**한테서 수십
차례 정신분석 치료를 받았다. 그 영향으로 나온 작품이 동화
「꿈의 연속Eine Tramfolge」「험난한 길Der schwere Weg」과 소설
『데미안』이다. 「꿈의 연속」의 주인공은 이렇게 외친다. "날
내버려둬! 날 좀 내버려두란 말이야! 너희는 모른단 말이야!
내 기분이 어떤지, 내 마음이 얼마나 아픈지, 얼마나 끔찍하게
아픈지!"
정신분석은 그에게 시공의 한계 밖에 있는 무의식, 즉
혼란스러운 내면을 들여다볼 수 있게 해주었다. 처음에 헤세는
치료를 위해 랑 박사의 권유로 자신이 꾼 꿈을 그리다가
1917년부터 수채화로 자연을 그리기 시작하면서 정신적
안정을 찾기 시작했다. 헤세에게 그림 그리기는 내면의
무의식과 의식을 조화롭게 하는 것은 물론 어린 시절과 현재를
연결하려는 시도였다.
고독하고 은둔자적인 생활을 한 헤세는 죽기 몇 년 전에야

---

* 카를 구스타프 융Carl Gustav Jung, 1875~1961은 분석심리학의 기초를 세웠고, 외향·내향성 성격, 원형, 집단무의식 등의 개념을 제시하고 발전시켰다. 융의 업적은 정신의학, 종교, 문학 분야의 연구에 큰 영향을 미쳤다. 헤세는 1917년 9월 7일 융을 처음 만나 매우 강한 인상을 받았으며, 닷새 후 꿈속에서 『데미안』의 등장인물들을 만났다고 한다. 1921년에는 취리히에서 융 박사에게 진료를 받기도 했다.

** 요제프 베른하르트 랑Josef Bernhard Lang, 1881~1945을 가리킨다. 헤세는 1916년 6월부터 다음 해 11월까지 약 일 년 반 동안 매주 랑 박사를 방문해 세 시간씩 60회에 걸친 치료를 받게 된다. 랑 박사와의 대담으로 그는 신경증과 긴장감에서 많이 벗어날 수 있었다. 헤세는 랑 박사를 모델로 『데미안』의 피스토리우스라는 인물을 그리기도 했다.

비로소 안정을 찾고 삶의 행복을 맛볼 수 있었다. 그는 더
밝아지고 원만해진다. 오랫동안 그를 괴롭혔던 자살 충동도
사라지고, 건강과 작업에 대한 불평도 수그러든다. 세계와
평화로운 공존을 하면서 사소한 문제로 더 이상 아내와
다투려고 하지도 않는다. 바로 그때, 1962년 헤세는 세상을
떠나게 된다.

정원 가꾸기에 몰두한 작가, 헤르만 헤세

첫 작품 『페터 카멘친트』를 기점으로 헤세는 서점 점원 수습
생활을 그만두고 본격적인 작가의 길을 걷는다. 소설 속
농부의 아들 페터 카멘친트는 호숫가 산골 마을 니미콘에서
자연을 벗 삼아 어린 시절을 보낸다. 이후 고향을 떠나
도시로 간 그는 그곳에 잘 적응하지 못한다. 도시 생활과
현대문명에 염증을 느끼며 자연을 언어로 표현하고자
한 시인 카멘친트는 바로 헤세 자신이었다. 그는 세상에
나가 사회에 적응하는 과정을 겪기보다는, 반대로 세상과
사회에서 벗어나 자연과 결속된, 소박하고 진솔한 삶을
영위하고자 했다(실제로 헤세는 이런 모습들로 인해 사회와 시대
문제를 외면한다는 비난을 듣기도 했다).

자신만의 정원을 갖고 싶었던 헤세는 1907년 가이엔호펜에
집을 지은 후 그 꿈을 이루게 된다. 그의 정원은 가족의
식탁에 오를 채소를 조달하기에 적당했다. 화단에는 수많은
꽃이 아름답게 피었다. 그가 정원을 가꾸며 체험하고 관찰한

기록은 당시의 화려하고 오만한 사회 풍조에 대한 나름의 저항이었다. 그는 정원을 꾸미면서 창조자로서 기쁨과 뿌듯함을 느꼈다. 정원의 땅을 자신의 생각과 의지대로 바꾸어놓을 수 있었기 때문이다. 정원에서 그는 좋아하는 향기로 채우고, 꽃밭을 갖가지 색이 넘치는 낙원 같은 곳으로 만들 수 있었다. 베른 교외에 있는 헤세의 또 다른 집에 분수와 작은 숲, 풀밭과 함께 훨씬 멋지고 큰 정원이 갖춰져 있었지만, 그는 가이엔호펜의 정원에 더 많은 애정을 쏟았다. 이미 완성되어 참여할 여지가 없는 정원보다는 비록 그 규모는 소박할지라도 돌보고 가꾸어나가는 과정이 그의 마음을 끌었다.

한편, 베른 시절과 이후 몬타뇰라의 카사 카무치 생활 당시 헤세의 정원에 대한 관심은 줄어들었다. 전쟁과 아버지의 죽음, 막내아들의 중병, 아내 마리아의 정신질환, 그리고 헤세 자신의 신경증…… 이러한 일련의 일들로 인한 정신적 충격 탓에 그는 정원 가꾸기에 매진할 수 없었다. 그러다가 1931년, 카사 로사로 이사 간 이후부터 상황이 바뀌었다. 재력가인 한 친구의 도움으로 그곳에 또다시 자신만의 집을 짓게 된 것이다. 그리하여 헤세는 가이엔호펜에서 누렸던 것과 비슷한 정원 생활을 다시 시작할 수 있었다. 그는 수채화 그리기보다 정원 일에 더 시간을 보냈다. 정원에 꽃과 딸기, 약초 등을 비롯한 여러 식물을 심었고, 바깥에는 포도나무를 심어 포도밭을 조성했다. 그는 하루 가운데 이른 오전 시간은

정원에서 보내고, 독서와 음악 감상, 글쓰기는 오후와 저녁
시간에 하고자 했다. 헤세는 정원 가꾸는 일을 오롯이 혼자
했는데, 그동안 명상 또는 영적인 생각을 하곤 했으며, 그의
유명한 저작인 『유리알 유희』 또한 정원의 흙을 만지면서
구상했다.

그렇다면 이 시대의 우리가 그처럼 자연과 풍경을 진정으로
이해하고 즐기기 위해선 어떻게 해야 할까? 『게으름의
기술』(1973)에 수록된 「여행에 대해」 속 그의 문장은
이러하다.

> 금빛으로 물드는 여름 저녁을 한가로이 바라보고,
> 가볍고 순수한 산의 공기를 느긋하고 기분 좋게
> 들이마시는 것만으로는 아직 많이 부족하다.
> 양지바른 따스한 초원에 드러누워 한가하게 휴식
> 시간을 보내는 것은 근사한 일이다. 그러나 산과
> 시냇물, 오리나무숲과 멀리 우뚝 솟은 산봉우리와
> 함께 이 초원에 친숙하고 그것을 잘 아는 자만이·
> 자연과 풍경을 완전하게, 백배는 더 깊고 고상하게
> 즐길 수 있다. 그러한 조그만 땅에서 그 땅의 법칙을
> 읽고, 그것의 형성과 식생의 필연성을 꿰뚫어
> 보고, 그 필연성을 역사, 건축양식, 그곳 주민의
> 기질이나 말투, 의복과 관련해서 느끼려면 사랑과
> 헌신, 연습이 필요하다. 하지만 그렇게 노력할 만한
> 보람이 있다.

헤세가 말하는 여행의 의미와 고행

헤세는 어린 시절부터 자연을 관찰하며 다니길 좋아했다.
일찍이 그는 자신이 여행을 몹시 좋아한다는 것을 알았다.
고향 칼프에서 그랬듯이, 그는 혼자서 또는 친구 몇 명과
바젤 주변을 돌아다니곤 했다. 전원을 도보로 여행하거나
멀리 베른 고원을 올랐고, 루체른 호수에서 배를 타기도
했다. 나아가 그는 이에 그치지 않고, 방랑자가 되어 낯선
삶과 부딪치고자 했기에 좀 더 먼 여행을 떠나고자 했다.
1899년 야코프 부르크하르트의『이탈리아 르네상스의
문화』를 읽은 헤세는 책에 자극을 받아 1901년 봄, 처음
이탈리아 여행을 시작한다. 스물넷의 나이였다. 그는
미리 언어를 익혀, 현대 이탈리아어와 마찬가지로 고대
이탈리아어도 능숙하게 구사할 수 있게 준비했다. 여행
때마다 조그만 수첩을 가지고 다녔고, 거의 매 저녁마다
하루를 기록하곤 했다. 헤세가 구경한 피렌체, 제노바, 피사,
베네치아와 같은 도시들은 아름다웠고, 그중 몇몇 도시는
무척이나 그의 마음에 들었다. 그가 여행에서 돌아올 때마다
소도시의 시민들은 그의 칭찬 가득한 기록을 읽고 거듭
놀라워했다.
1903년 4월에는 서점 일을 중단하고 두 번째 이탈리아
여행길에 올랐다. 함께한 여러 친구 중에는 사진작가
마리아 베르누이Maria Bernoulli도 있었다. 한 젊은이의 여행과
방랑을 다룬『페터 카멘친트』는 이러한 이탈리아 여행
덕분에 나오게 되었고, 그 소설의 성공으로 헤세는 마리아

베르누이와 결혼할 수 있었다. 그 뒤로도 그는 1914년까지
여러 번 이탈리아에 갔다. 1911년에는 스리랑카, 말레이시아,
싱가포르, 수마트라에 가서 화가 친구와 몇 달간 체류하기도
했다. 하지만 1차대전이 발발한 이후로 그는 여행 다니기를
일절 포기하고 몇 년 동안이나 스위스를 떠나지 않았다.
그러다가 전쟁이 끝나고 1920년대에 들어 다시 남쪽
지역으로 도보 여행을 시작했고, 1926년에는 뉘른베르크
등지로 낭송 여행을 떠났다. 그러나 이후로는 힘에 부친
탓인지 별다른 여행을 하지 않고 몬타뇰라에서 조용히
살아갔다.
이렇게 다양한 장소를 여러 방식으로 여행했던 헤세는 과연
어떤 여행이 가치 있다고 보았을까? 여행에 관한 그의 말은
지금도 음미해볼 만하다.

> 여행은 언제나 체험을 의미해야 한다. 그리고
> 우리는 정신적 관계를 맺을 수 있는 환경에서만
> 가치 있는 체험을 할 수 있다. 기회가 있을 때마다
> 가는 즐거운 소풍, 어떤 음식점 정원에서 보낸
> 유쾌한 저녁, 멋진 호수 위의 증기선 여행은 그
> 자체로 체험이 아니고, 우리 삶을 풍요롭게 해주지
> 못하며, 계속해서 커다란 영향을 미치는 자극이
> 아니다.

헤세는 끊임없이 여행과 여행의 의미에 대해 질문했다.

일상 속에서 자주 침체되고, 의기소침해지고, 고독을
느낀 그에게 여행은 세속적인 시민사회와 우울증에서의
도피처였다. 그래서 그 스스로 여행을 '도주Flucht'라고
일컫기도 했다. 그는 자신을 정주민이 아닌 방랑자로
이해한다. 그에게 이미 도달한 목표는 목표가 아니었고, 모든
길은 우회로였다. 휴식은 매번 새로운 그리움을 낳았다.
배움에 대한 욕구와 교양에 대한 열망이 넘쳤던 시절,
그는 여행을 하면서 옛 성당의 프레스코 벽화가 그려진 벽
위에서 수첩 가득 감상을 적어 넣었고, 식비를 아낀 경비를
옛 조각품들의 사진을 찍는 데 썼다. 하지만 그 후 그는
그런 일에 싫증을 느끼게 되었다. 그는 도시와 교회, 대형
박물관을 어슬렁거리는 일이 더 이상 자신에게 도움이 되지
않는다고 느꼈다. 그는 유럽에서 도망쳤고, 유럽의 두드러진
몰취미, 시끄러운 대목장 영업, 성급한 조바심, 거칠고도
조야한 향락욕을 증오했다.
헤세는 남아시아 및 동남아시아 여행에서 동양과 서양,
유럽과 아시아가 단일체일 뿐만 아니라, 그것을 넘어선
인류라는 하나의 공동체가 있다는 경험을 한다. 이러한
인간에 대한 동포애는 이후 헤세 문학의 핵심적인 모티프가
되었다. 그 역시 처음에는 다른 여행객들과 마찬가지로
이국적인 민족과 도시를 자신과 아무 관계없는, 그저 신기한
대상으로만 바라보았다. 그러나 그가 이러한 입장을 버리고
그들 모두를 같은 인간이자 가까운 친척으로 본 시점부터,
비로소 가치 있는 체험이 시작되었다. 그는 여행의 체험으로

서양인과 동양인의 영혼이 다르지 않고, 모든 영혼은 동등하게 온전하다는 것을 깨닫는다. 헤세는 여행을 하면서 낯선 나라를 알게 되었을 뿐만 아니라, 이를 체험하는 과정에서 그 자신의 내면을 발견하고 시험을 견뎠다고 생각했다.

쉰이 넘으면서 헤세는 체력적인 이유로 여행에 부담을 느낀다. 그는 이제 가끔 낭송 여행을 다닐 뿐, 그 외에는 조용히 서재에만 틀어박혀 은둔의 문필가로 살아간다. 그러나 그가 그동안 무수한 국경을 넘나들었던 경험은 그에게 경계를 허무는 시각을 남겼다. 헤세의 눈에서는 높고 낮은 것, 귀하고 천한 것의 경계가 무너지고 만물이 평등해진다.

이처럼 헤세의 여행은 일종의 고행이었지만 충분히 그럴 가치가 있었다. 그에 따르면 아무도 나를 모르는 곳에서 이전의 나와는 다른 정체성을 가지고 기존의 삶에서 잠시 벗어나는 것, 그렇게 주어진 해방감을 통해 삶을 재정비하고 또한 낯선 자극에 자신을 둠으로써 사고를 쇄신하는 것이 진정한 여행이라고 할 수 있을 것이다. 여행은 자기 자신을 객관적으로 돌아볼 기회이자 나를 성장하게 하는 인생의 수업이다. 여행을 통한 새로움의 체험은 우리를 성숙하게 하고 사고력을 증진시키는 역할을 한다. 그러기에 여행은 여행자에게 새로운 자극이 되어 그를 보다 원숙하고 현명하게, 또한 지혜롭게 만들어준다.

그대는 동경에 이끌려 여행한다. 그대는 더
아름답고 햇빛이 더 잘 비치는 다른 나라로
여행한다. 우리의 가슴은 활짝 열리고, 좀 더
부드러운 하늘이 우리의 행복을 활짝 펴준다.
그곳이 이제 우리의 낙원이다.

독서의 즐거움, 애독가 헤세

헤세는 책을 무척이나 많이 읽었지만 그러면서도 동시에
사람들이 책을 지나치게 많이 읽는다고 생각했다. 그는
책이 의존적인 사람을 더 의존적으로 만듦으로써,
다독할수록 부당한 일이 벌어진다고도 했다. 이 점에서
그는 쇼펜하우어의 견해를 따르는데, 양서나 좋은 취향의
진정한 적은 문맹 혹은 책을 멀리하는 사람이 아니라 오히려
다독가라는 것이다.

그는 아이들에게도 비슷한 입장을 취한다. 아이들에게 많은
책을 선물하는 일은 좋지만 그렇다고 읽을거리를 잔뜩
줘서는 안 되고, 필요나 욕구가 생길 때만 줘야 한다고
조언한다. 헤세에게 최대한 많이 읽고 많이 아는 것은
중요하지 않다. 그는 좋은 작품들을 자유롭게 골라 틈날
때마다 읽으면서, 남들이 생각하고 추구했던 깊고 넓은
세계를 감지하고, 인류의 삶과 맥, 아니 그 전체와 활발히
공명하는 관계를 맺는 일이 중요하다고 말한다. 이때 아는
것보다는 좋아하는 것이, 좋아하는 것보다는 즐기는 것이

중요하다는 논어의 가르침이 설득력을 얻는다.

헤세는 책 읽기를 세 가지 유형으로 나눈다(그러나 독자들을 이러한 유형 중의 하나로만 한정할 필요는 없다). 첫째, 순진한 독자가 있다. 이런 독자는 밥을 먹는 사람이 음식을 집어 들 듯 책을 집어 든다. 그는 단순히 집어 드는 자다. 두 번째 유형의 독자는 어린이다움과 천재적인 놀이 본능을 보여준다. 이들은 세상의 모든 사물을 대할 때와 마찬가지로 책에 대해서도 완전히 다른 입장을 취한다. 이러한 유형의 독자는 마부를 따르는 말처럼 작가를 따르는 것이 아니라, 짐승의 발자국을 쫓는 사냥꾼처럼 작가를 쫓는다. 세 번째 유형의 독자는 너무나 개성적이고 주관적이어서 자신의 읽을거리에 완전히 자유로운 태도를 갖는다. 그런 독자는 교양을 쌓거나 재미를 얻기 위해 책을 읽지 않는다. 그들은 멋진 구절, 지혜나 진리가 표현된 문장을 보면 시험 삼아 일단 뒤집어본다. 모든 진리는 그 역도 진리임을 그는 진즉에 알고 있다.

인생은 짧으므로 무가치한 독서로 시간을 보내는 것은 어리석고 해로운 일이다. 독서에서 무언가를 기대하고, 보다 풍부한 힘을 얻기 위해 힘을 쏟는 과정이 필요하다. 헤세는 책에 다가가는 자세를 이렇게 기술한다.

> 생각 없는 산만한 독서는 눈에 붕대를 감고
> 아름다운 풍경 속을 산책하는 것과 같다. 우리는
> 우리 자신과 일상생활을 잊기 위해서가 아니라

반대로 우리의 삶을 보다 의식적이고 성숙한 태도로 다시 단단히 손에 쥐기 위해 독서해야 한다. 우리는 냉담한 선생님에게 다가가는 소심한 학생이나 술병에 다가가는 건달처럼 할 것이 아니라, 알프스에 오르는 등산객처럼, 무기고로 들어가는 전사처럼 책에 다가가야 한다. 또한 피난민이나 삶에 불만을 품은 사람처럼 할 것이 아니라 호의를 품고 친구나 조력자에게 다가가는 사람처럼 책에 다가가야 한다.

헤세는 단지 심심풀이로 책을 읽지 말라고 조언한다. 그런 사람은 독서를 한 뒤 읽은 내용을 잊어버려, 책을 읽기 전이나 마찬가지로 빈곤한 상태가 된다는 것이다. 물론 아예 책을 안 읽는 것보다는 그렇게라도 책을 읽는 게 나을 테다. 그러나 친구의 말을 경청하듯 책을 읽는 사람에게 책은 열린 채로 그의 것이 된다. 그가 읽는 책은 사라지지 않고 그에게 남아 기쁨과 위안을 준다.

그렇다면 다시 이런 질문이 생겨난다. 우리는 어떤 책을 읽어야 할까? 행복과 교양에 필수적인 도서 목록이란 존재하지 않는다. 각자 나름대로 만족과 즐거움을 맛볼 수 있는 책들이 있다. 헤세를 예로 들자면 그는 그리스 작가

중 비극 작가들보다는 호메로스*를, 투키디데스**보다는
헤로도토스***를 더 좋아했다. 또한 격정적인 작가에 대해서는
그들의 글이 부자연스럽고, 따라서 읽기에 어렵다고
생각하기도 했다. 그는 인문주의자면서도 흙냄새와
토속적인 체취가 나는 작가를 선호했다. 그런 작가의
글이야말로 직접 그에게 말을 걸기 때문이다. 그 책들에서는
풍경과 언어가 친숙하고, 고향처럼 느껴진다. 그는 그런
책을 읽으면서 특별한 행복을 즐기고 더없이 섬세한 뉘앙스,
매우 은밀한 암시, 나직한 울림을 알아듣곤 했다.
책들을 찬찬히 찾아보고 그들과 지속적인 관계를 맺어가는
것, 이 책들을 외적으로나 내적으로 소유해 자기 것으로
만들어가는 것이 중요하다. 이 일을 소홀히 한다면 교양과
즐거움은 물론이고 심지어 자신의 존재 가치마저 훼손될
수 있다. 시대를 막론하고 작가들의 책 속에 기록된 사고와
본질은 죽지 않고 살아 움직이는 유기적인 세계다. 모범이
되는 작품을 좇아가다 보면, 얼마 안 가 모든 문학에
통용되는, 보다 높은 법칙에 대한 감각을 얻게 될 것이다.

* 호메로스는 서사시의 걸작 『일리아스』와 『오디세이아』의 저자로 알려진 그리스 작가다.

** 투키디데스는 그리스 역사가로, B.C. 5세기에 일어난 아테네와 스파르타의 전쟁을 다룬 『펠로폰네소스 전쟁사』의 저자이기도 하다.

*** 헤로도토스는 B.C. 5세기 무렵의 역사가로, 고대에 창작된 최초의 이야기체 역사인, 그리스와 페르시아 전쟁을 다룬 『페르시아 전쟁사』의 저자이기도 하다.

헤세의 우정과 사랑

헤세는 심지어는 그가 고독한 은둔자 생활을 하는 중에도, 많은 친구들과 우정을 나누었다. 음악가 오트마 쇠크나 화가 한스 슈투르체네거와는 같이 여행을 다녔고, 슈테판 츠바이크*, 한스 카로사**, 로맹 롤랑*** 같은 작가들과 친교를 나누기도 했다. 헤세의 전기를 쓴 후고 발이나 정신분석 치료를 해준 랑 박사와도 평생 친밀하게 지냈다. 또 1904년 봄, 뮌헨에서 처음 만난 두 살 연상의 토마스 만과는 평생 편지를 주고받으며 깊은 우정을 나누었다. 헤세가 1946년 『유리알 유희』로 노벨문학상을 수상할 당시, 토마스 만은 그를 적극적으로 추천하는 등, 많은 노력을 기울였다.

흔히 '성자'나 '현자'로 불리는 헤세의 사생활에는 의외로 굴곡이 많았다. 그는 총 세 번의 결혼을 했는데, 배우자의 나이도 들쭉날쭉했다. 사진작가인 첫 번째 부인은 그보다

---

* 슈테판 츠바이크Stefan Zweig, 1881~1942는 오스트리아의 유대계 작가다. 대표작으로는 전기 『로맹 롤랑Romain Rolland』, 소설 『낯선 여인의 편지』 『어제의 세계』 『광기와 우연의 역사』 등이 있다. 1942년 브라질에서 부인과 함께 약물 과다 복용으로 목숨을 끊었다.

** 한스 카로사Hans Carossa, 1878~1956는 독일의 시인이자 소설가로, 자전적 요소가 엿보이는 『유년 시절』 등을 썼다.

*** 로맹 롤랑Romain Rolland, 1866~1944은 프랑스의 소설가, 극작가, 수필가다. 1915년 『장 크리스토프』로 노벨문학상을 받았다. 1차대전에 반대해 평화주의를 주창하며 헤세와 우정을 나누었다.

아홉 살 연상이었고, 성악가인 두 번째 부인은 스무 살 연하,
세 번째 부인은 열여덟 살 연하였다. 미술사학자인 세 번째
부인과는 이후 죽음이 둘을 갈라놓을 때까지 함께했다. 그의
부인들에게 헤세와의 결혼 생활은 마치 삶 전체를 난폭하게
휩쓸고 지나가는 재난과도 같았다.

첫 번째 부인인 마리아 베르누이는 바젤의 유명한 수학자
집안 출신으로, 수준 높은 교육을 받은 것으로 알려져 있다.
그녀는 검은 머리카락이 매력적인, 성격이 활달한 여인이었다.
1903년 헤세는 바젤의 고서점 일자리를 그만두고 마리아
베르누이와 함께 이탈리아 여행길에 올랐다, 그리고 그해
5월에 베르누이와 약혼했다. 헤세는 결혼할 생각도, 결혼에
대한 자신도 없었기에, 마리아가 적극적으로 결혼을 추진하는
데 상당한 부담을 느끼고 고민에 빠졌다. 마리아의 아버지는
이미 두 사람의 결혼을 승낙하고 결혼자금까지 주기로 약속한
참이었다. 두 사람은 결국 1904년 결혼을 하게 되었는데, 이때
헤세의 나이는 스물일곱, 마리아는 서른여섯 살이었다. 헤세는
결혼을 앞두고 이종사촌 파울 군데르트에게 이런 편지를
쓰기도 했다. "축하해줘서 고마워. 어쩌면 결혼이 내 인생에
짐이 될지도 모르지만, 그래도 한번 힘을 내서 잘 버텨보려고
한다네."[*]

자연을 사랑하고 시골 생활을 좋아한 베르누이는, 사진에

---

[*] 베르벨 레츠, 『헤르만 헤세의 사랑』, 김이섭 옮김, 자음과모음, 2014, 47쪽.

대한 열정 또한 대단했다. 그녀는 스위스 최초의 여성
사진가로 바젤에서 사진 아틀리에를 운영하는 재원이었다.
그녀의 아틀리에는 바젤의 예술가들이 모이는 아지트였다.
반면 젊은 남편은 빈털터리였다. 그래도 마리아는 누구보다
남편을 사랑하고 그의 재능을 아꼈다. 두 사람은 결혼식을
올린 후 7월에 보덴 호반의 시골 마을 가이엔호펜의 농가로
이사해 신혼 생활을 시작했다. 마리아는 뙤약볕 아래 며칠
동안 마을을 돌아다니며 신혼살림을 꾸릴 집을 찾아 헤맸다.
젊은 여자 혼자 집을 구하러 다니는 상황은 당시로선 낯선
일이었고, 마을 사람들은 이상한 눈길로 마리아를 바라봤다.
하지만 마리아는 집주인을 끈질기게 설득해 마음에 드는
집을 구했고, 바닷가가 보이는 방을 남편의 작업실로 삼으면
좋겠다는 행복한 상상을 했다. 그들은 보덴호가 내려다보이고
스위스가 건너다보이는 언덕 위에 자신들의 집을 지었다.
채소는 집에서 손수 농사를 지어 조달했다.

그러나 영원할 거라고 믿었던 둘의 보금자리는 그리 오래가지
않았다. 헤세는 아내에 대한 배려심이 부족했다. 마리아에겐
가혹한 운명이었다. 또한 헤세는 가이엔호펜에서 지내던
삶에 지쳐 있었다. 그곳의 생활은 그의 인생에 아무런
의미도 주지 못했다. 그는 걸핏하면 여행을 떠났다. 일례로
헤세는 1911년 베르누이와 갈등을 겪으면서, 그와 거리를
두기 위해 한스 슈투르체네거와 삼 개월간 여행을 떠났다.
유목민 기질의 헤세는 남편과 아버지로서 의무를 제대로
이행하지 못하고 툭하면 방랑과 도주를 일삼았다. 첫째 아들

들어가며

브루노Bruno가 태어났을 때는 이탈리아로 도주했고, 둘째 아들 하이너Heiner가 태어난 해에도 오 개월간 집을 비웠으며, 셋째 아들 마르틴Martin이 태어난 지 두 달도 안 되어 여행을 떠났다. 가정을 꾸리고 아이들을 돌보는 건 온전히 아내의 몫이었다. 그는 집에서는 늘 우울했으며, 가족이 곁에 있는 것을 견디지 못했다. 아이들이 시끄럽게 떠들거나 집이 어질러져 있으면 참지 못하고 역정을 냈다. 작가로서 이름을 알릴수록 헤세는 가정에서 멀어졌고, 마리아는 신경쇠약과 우울증을 앓게 되었다.

1912년 헤세가 여행에서 돌아온 후 그들 가족은 가이엔호펜 생활을 청산하고 베른으로 이사했다. 1918년, 마리아는 정신질환으로 결국 요양원에 입원하게 된다. 경과가 좋아져 집에 돌아왔을 때 헤세는 그녀와 같이 살 수 없다고 생각했다. 그리하여 사실상의 별거에 들어갔다(둘은 1923년 법적으로 이혼했다). 세 아들은 기숙학교나 친지에게 보내졌다. 그리고 헤세는 이곳저곳을 떠도는 떠돌이 생활을 이어갔다.

이후 헤세는 1919년 7월, 루트 벵거Ruth Wenger를 만난다. 그녀는 스위스 작가 리자 벵거의 딸로, 성악을 전공했다. 헤세는 루트에게, 인도식 삼림 농장에서 함께했던 오후가 자신에게는 가장 아름답고 행복한 순간이었다고 편지했다. 처음에 그는 결혼을 감당할 자신이 없다고 생각했지만, 결국 1924년 1월 루트 벵거와 결혼식을 올린다. 이때 헤세는 마흔일곱이었고, 루트는 스물일곱이었다. 그러나 그들의 결혼 생활은 처음부터 삐걱거렸다. 헤세는 고독한 유희를 즐기며 자신만의 길을 가는 데에 익숙해져 있었다.

루트는 헤세를 '귀하신 거지'라고 놀려댔다. 그가 아무것도 책임지지 않고, 받는 데만 익숙했기 때문이다. 그러면서도 물질적인 가치를 부정하는 헤세가 마치 그녀와 그녀의 아버지를 부정하는 것처럼 느껴졌다. 루트는 헤세의 물질과 자본주의에 대한 비판이 위선에 지나지 않는다고 생각했다. 심지어는 물질적인 것에 얽매인 삶을 극도로 싫어하면서 그녀가 친정에서 가져온 돈은 쓰는 그가 이중인격자로 보였다. 급기야 1924년 말에 두 사람은 별거 생활에 들어갔다(실제로 둘이 같이 산 기간은 석 달 정도밖에 되지 않는다). 1925년 3월, 마리아 베르누이는 헤세가 어떤 사람인지 더 잘 알게 되었다고 친구에게 편지를 썼다. 더 이상 그를 향한 연대와 존중은 없으며, 헤세는 이제 시인으로서만 자신에게 존재한다고 덧붙였다. 당시 마리아를 돌봐주던 그녀의 오빠가 자살함으로써, 헤세는 그녀의 생활비를 대야 했고, 막내아들 마르틴도 데려왔다. 그는 후고 발에게 보낸 편지에서, '오래전부터 지옥에 살고 있어 편지를 쓸 생각도 못한다'고 심경을 밝히고 있다. 그즈음 루트는 휴양지에서 요양을 하다가 몇 달 후 차도가 있어 다시 바젤로 돌아온 참이었다(루트 벵거는 열이 나는 증세가 멈추지 않아 침대에 누워 지내야 했는데, 나중에 결핵이라는 사실이 드러났다). 우울증이 재발한 헤세는 1925년 12월에서 1926년 3월까지 다시 랑 박사의 도움을 받아야 했다.

1927년 초 관계가 돌이킬 수 없는 지경에 이르러 루트는

이혼소송을 제기했다. 판결문에 따르면 헤세는 대체로
우울하고 흥분된 감정에 빠져 있었다. 나아가 은둔자
생활에 경도되어 있고, 다른 사람들과 화합할 수 없으며,
사교와 여행을 싫어한다고 적혀 있었다. 헤세의 자전적
수기 『요양객』과 낭송 여행기 『뉘른베르크 여행』이 그에게
불리하게 작용했다. 헤세는 그 글에서 자신을 은둔자, 별종,
신경증과 불면증 환자, 정신병자 등으로 부르고 있다. 루트의
소장訴狀은 대부분 헤세 작품의 인용으로 이루어져 있었다.
결국 둘은 같은 해 합의하에 이혼했다.

니논 아우슬렌더Ninon Ausländer는 유대계 변호사의 딸로,
빈 대학에서 의학을, 그다음에는 예술사로 전공을
바꿔 공부했다. 그녀는 화가이자 만화가인 B. F. 돌빈과
결혼했다가 별거에 들어가 혼자 살고 있었다. 어린 시절
그녀는 헤세의 책을 읽고 열렬한 팬이 되었다. 1909년에는
『페터 카멘친트』를 읽고 감동해 헤세에게 편지를 보내기도
했다. 1920년 12월 22일, 『클링조어의 마지막 여름』을 읽은
그녀는 내면에서 무언가 강렬한 힘을 느끼고 헤세에게 다시
편지를 보냈다. 자신이 누구인지 적극적으로 알리고 싶었던
그녀는 헤세가 자신을 '확실하게 인식하도록' 하기 위해 편지
안에 자신의 사진을 동봉했다.

1926년 니논은 처음으로 헤세와 만났다. 그러나 이때 헤세는
루트와의 관계에 아직 미련을 가지고 있었기에 둘 사이에
별다른 진전은 없었다. 1927년 루트와 이혼한 후 헤세는
니논과 동거를 시작했다. 1931년, 그들은 결혼식을 올렸다.

이때 헤세는 쉰네 살이었고, 니논은 서른여섯 살이었다.
그들은 친구 한스 보트머*가 헤세를 위해 지어준 몬타뇰라의
새집에서 결혼 생활을 시작했다.
헤세는 니논과 만나기 전의 시간을 '달이 뜨기 전'이라
불렀고, 시집 『위기krisis』(1928)에서 그는 니논을 달에
비유하고 있다.

> 사랑하는 니논, 그대는 오늘 나의 달이오,
> 고삐 풀린 슬픈 내 마음이 머무는
> 근심 어린 어둠 속을 비춰주고 있구려.
> 현명함이 깃든 당신의 검은 눈동자는 사랑으로 가득
> 차 있소.
> 아, 언제나 내 곁에 머물기를.

하지만 니논은 헤세와 살면서 그다지 행복을 느끼지
못했다. 미술사가인 그녀는 파리, 런던, 베를린, 아테네
등지로 툭하면 여행을 떠났다. 그러던 어느 날, 헤세는
두통과 안질 때문에 니논이 가까이 오는 걸 달가워하지
않았다. 대신 그는 자신이 쓴 수필을 그녀에게 건네주었다.
루트가 그를 위해 수놓은 베개에 관한 이야기였다. 니논은

---

* 한스 콘라트 보트머Hans Conrad Bodmer, 1891~1956는 스위스의 의사 겸 친필 사인 수
집가다.

마음의 상처를 받았다. 자신이 곁에 있는데 왜 과거의
여인을 떠올리는지 이해할 수 없었다. 그의 글을 읽은 뒤
니논은 서운한 감정에 눈물을 흘렸다. 그녀는 1927년의
선택이 잘못되었음을 깨달았다. 헤세는 사랑에 대해 전혀
알지 못하는 사람이었다. 헤세와 그녀 사이에는 늘 거리가
존재했다. 그러나 이후 니논은 그동안 헤세가 자신에게
보냈던 편지들을 다시 읽어보면서 점차 그를 이해하게
되었다. 그래서 힘들기도 했던 지난날을 이제 편안한
마음으로 되돌아볼 수 있게 되었다.

니논은 헤세가 세상을 떠날 때까지 삼십 년 이상 그의
곁에 머물렀다. 1962년 8월 8일 저녁 헤세는 모차르트의
피아노소나타를 들었고, 니논이 읽어주는 글에 귀를
기울였다. 그리고 그다음 날, 그는 더 이상 잠에서 깨어나지
않았다. 사망 원인은 뇌출혈이었다. 니논은 그가 죽은 후
그의 유고들을 정리해 출판했다.

헤세는 세 명의 아내에게 각각 동화 한 편씩을 헌정했다.
「아이리스Iris」* (1916)는 마리아에게, 「픽토르의 변신Piktors
Verwandlungen」(1922)은 루트에게, 그리고 「새」(1933)는 니논에게

---

* 헤세가 자신의 첫 번째 부인 마리아 베르누이에게 바치는 이 작품은 그녀에 대한
존경의 표시다. 주인공 안젤름이 연모하는 아이리스는 그에게 없는 모든 것을 지니
고 있는 여자다. 아이리스는 안젤름의 야심을 낯설게 느꼈기에, 그가 어린아이처럼
조화로운 상태로 돌아와야만 결합이 가능했다. 그러나 자연과 문화의 합일에 도달
하는 과정은 지난했고, 그가 이 과제를 이행하기 전에 그녀는 죽고 만다.

바쳤다. 앞의 두 작품에서는 어머니와 아이의 관계가
나타나고 마지막 작품에서는 남녀 간의 관계가 드러난다고
분석되고 있다. 이것으로 보아 헤세의 여성관이 니논을 통해
변했음을 짐작할 수 있다.

이처럼 헤세의 부부관계는 전반적으로 원만하지 못했다.
그는 자신에 대해 '이론적으로는 모든 사람을 사랑하는
성자이지만, 실제로는 결코 방해받고 싶어 하지 않는
이기주의자'라고 말한 적 또한 있었다. 일을 할 때면 그는
늘 자신 내면의 소리에 귀 기울이고 괴로워할 준비가 되어
있어야 했다. 그는 자신의 세계에 침잠한 채 고독하게 지내려
했고, 그럴 때 자신을 방해하는 사람은 아내든 자식이든 결코
용서할 수 없었다.

내면으로 가는 길

헤세는 요양원 단골손님이었다. 청소년기에는 부모의 손에
떠밀려 억지로, 나이가 들어서는 문제가 생길 때마다 스스로
입원했다. 그는 특히 학창 시절, 인도네시아 여행 시기,
1차대전 시기, 『클라인과 바그너』와 『요양객』을 쓰던 시기에
정신병 증세를 보였다고 알려져 있다.
헤세가 처음 환각을 봤던 시기는, 앞에서도 이야기했던
마울브론 신학교 시절이었다. 당시의 환각 체험은
『수레바퀴 밑에』의 한스 기벤라트가 수업 시간에 예수가

배에서 내리는 모습을 보는 장면으로 녹아들었다. 헤세는
블룸하르트 목사가 운영하는 바트 볼 요양원에 맡겨졌고,
그곳에서 안정을 되찾고 잘 적응하는 듯 보였다. 하지만 곧
일곱 살 연상의 엘리제에 대한 짝사랑에 실패한 뒤 마음의
평화가 깨져 심한 불안에 시달렸고, 이는 자살 시도로
이어졌다. 그러자 헤세의 부모는 1892년 6월 말 그를 슈테텐
정신병원으로 보냈다. 그곳에서 그는 정원 일을 하거나
그곳에 있는 아이들의 기초 학습을 도와주면서 정신적
안정을 얻을 수 있었다. 헤세는 삼 개월 후 아버지에게
간청해 고향 집으로 돌아갈 수 있었지만, 아버지와 심한
갈등을 겪고 다시 슈테텐의 정신병원으로 보내졌다. 병명은
'우울증'이었다. 이때 그는 사춘기의 반항심, 고독감과 더불어
가족의 이해를 받지 못하고 쫓겨났다는 느낌이 정점에
달했다.

그때부터 헤세는 아버지에게 반항적인 태도를 보이며,
편지에 공격적이고 반어적이며 풍자적인 표현을 쓰게 된다.
작가로서 그의 자의식이 종교적 전통과 고루하고 위압적인
권위와 충돌했던 것이다.

1918년 헤세는 신문에 「예술가와 정신분석Künstler und
Psychoanalyse」이라는 글을 기고해 프로이트의 정신분석을
칭송하며, 무의식이 창조의 근원임을 인정한다(그러나 정작
자신의 치료를 위해서는 융의 분석을 선택한다).
헤세의 중기 작품을 '내면으로 가는 길'이라고 표현한다면

그 뚜렷한 시작은 1919년에 출간된 『데미안』이라고 볼
수 있다. 『데미안』의 머리말에는 이런 구절이 나온다. "내
속에서 솟아나려는 것, 바로 그것을 나는 살아보려고 했다.
그런데 그렇게 하는 게 왜 그리 어려웠을까." 같은 해 발표된
『차라투스트라의 귀환Zarathustras Wiederkehr』에 그는 내면으로
가는 길, 자기 자신의 길을 가라고 적극적으로 외친다.
『클라인과 바그너』는 『클링조어의 마지막 여름』 『어린이의
영혼Kinderseele』과 함께 1920년에 출간되었는데, 여기에
1922년에 발표된 『싯다르타』를 한데 묶어 1931년 『내면으로
가는 길Weg nach innen』이란 제목으로 발간되었다.

집이 없고 지반이 없고 쉼이 없는 삼무三無의 방랑자 헤세는
1919년 4월 베른을 떠나 루가노 근처 어느 농가와 소렌고의
허름한 숙소에서 잠시 머무르다가 5월 11일 몬타뇰라의
카사 카무치로 거처를 옮긴다. 그는 이제 빈털터리에 하찮은
글쟁이에 불과했고, 숲에서 밤을 주워 먹으며 하루하루
연명하기에 급급한, 수상쩍은 이방인이었다. 헤세는
그곳에서 정신적 팽창 현상, 소위 경조증을 보이며 많은
그림을 그리고 새로운 사람들과 교제한다. 그러면서 열정에
넘쳐 쉬지 않고 글을 쓴다. 『클링조어의 마지막 여름』에
그러한 흥분 상태가 잘 나타나 있다. 소설에 등장하는
마술사는 시간이 우울증을 해결해줄 것이라고 클링조어에게
말하지만, 헤세 자신은 1919년 후반 다시 우울증에 빠져
일 년 반 동안 글을 쓰지 못하다가 1921년 2월과 5월 융의

자택에서 정신분석을 수차례 받는다. 그리하여 집필을
중단한『싯다르타』를 완성할 수 있었다. 특히 당시 노자의
『도덕경』을 읽은 것이 그에게 해방적 체험을 맛보게
해주었다. 책에서 그는 "지식은 전달할 수 있지만, 지혜는
전달할 수 없는 법"이라고 말한다. 또한 "무언가를 찾을 때
그의 눈은 자신이 찾는 사물만을 보게 되어, 아무것도 발견할
수 없"다고 말하는데, 이러한 표현은 노장 사상과 연결되기도
한다. 싯다르타의 자기실현은 불교적 차원, 즉 불교적 번뇌의
모티프와 함께 시작되지만, 그가 감각의 세계에 들어가면서
새로운 국면을 맞게 된다. 그리고 마지막 단계에서는 주로
도가 사상에 기반한 자기실현을 추구한다.

한편, 헤세는 몬타뇰라에서 추운 겨울을 여러 차례 보내면서
좌골신경통, 류머티즘 관절염을 얻어 고생했다. 그래서
『싯다르타』가 나온 이듬해인 1923년 봄과 가을, 뜨거운
온천수가 나오는 바덴의 베레나호프 요양 호텔에 머물며
치료를 받았다. 그 후 1952년까지 매년 그곳을 찾아가 요양
치료를 받는다. 그때의 경험으로 나온 작품이 자전적 수기
『요양객』이다. 이 작품은 헤세의 병력을 아는 데 중요한
자료가 된다. 헤세는 거기에서 글 쓰는 것의 의미를 밝히고
있다. "배후에 진실을 향한 의지가 담겨 있지 않다면 쓰는
일에 대체 무슨 의미가 있겠는가?" 바덴을 떠나 회고록을
쓰는 헤세는 요양객 그 이상의 존재가 된다. 여전히 몸과
마음이 아프기는 하지만, 더 이상 그 병에 지배당하지는
않는다. 헤세가 숭상하는 것은 더 이상 사유와 이론으로

이루어진 지루한 회색의 합일성이 아니라 놀이와 고통,
웃음으로 가득 찬 삶 자체다.

그렇다고 헤세가 완전히 건강해진 것은 아니었지만 상태가
확연히 나아진다. 그러나 완치된 것이 아니기에 감기처럼
언제든지 재발할 수 있었다. 그는 몸과 마음의 병을 몰아내려
하지 않고 그냥 소유하기로 한다. 머리가 세어가는 과정처럼,
그는 그 자신의 병 또한 자연스러운 현상으로 받아들인다.

영원한 시인으로서

헤세가 사망한 지도 어느덧 육십 년이 지났다. 1960년대 이래
『수레바퀴 밑에』『데미안』『싯다르타』『유리알 유희』와 같은
그의 작품들은 오랫동안 많은 이들이 즐겨 읽는 소설이었다.
그는 괴테와 마찬가지로, 머릿속의 세계가 아니라 자신이
직접 겪은 문제를 솔직하고 치열하게 그려내었다. 그런
점에서 독자들의 더욱 깊은 공감을 얻었는지도 모르겠다.
반면에 한국에서 그의 작품을 전문적으로 연구해온 사람은
비교적 드문 편이었다. 청소년들이 주로 읽는 작품이라는
편견도 작용했다고 볼 수 있겠다. 최근에는 다양한 시각에서
접근한 평전이 발간되어, 그동안 가려져 있던 그의 우정과
사랑, 그리고 정신적 문제에 대해서도 심도 있게 이해할 수
있게 되었다.

헤세의 전체 작품 중에서 독자가 꼭 읽어야 할 만한 주옥같은
문장들을 고르고 우리말로 옮기면서 새삼 그의 글의 매력에

흠뻑 빠져들었다. 그의 글은 단순한 지식을 넘어선 깨달음과
지혜를 주고, 행복에 이르는 길을 제시한다. 천생 시인으로
태어나 시인으로서 삶을 마감한 그는 그 정체성에 대해
남다른 견해를 보여준다.

헤세는 '일본의 한 젊은 동료에게' 보내는 편지에서 자신의
소임을 '빛을 전하는 자'에 비유하며, 겸허하게 말하고 있다.

> 시인은 빛도 횃불 드는 자도 아닙니다. 시인은
> 기껏해야 독자에게 빛을 통과시켜주는 창문일
> 뿐입니다. 그의 공로는 영웅 정신, 고상한 의욕이나
> 이상적인 계획과는 조금도 관련이 없습니다. 그의
> 공로는 단지 그가 창문이라는 점, 빛을 방해하거나
> 차단하지 않는다는 점에 있을 뿐입니다. 시인이
> 매우 고귀한 사람이나 인류의 은인이 되려는
> 열렬한 소망을 품고 있다면 바로 이 소망이
> 그를 망쳐버리거나 빛의 통과를 막을 가능성이
> 많습니다. 그를 움직이고 이끄는 것은 거만함이나
> 겸손해지려는 힘든 노력이 아니라 오로지 빛에 대한
> 사랑, 현실에 열려 있는 자세, 참된 것을 통과시키는
> 능력입니다.

헤세는 평생 시인으로 살다가 시인으로 죽었다. 그의 평생을
결산한 마지막 작품은 「꺾인 나뭇가지의 삐걱거림Knarren
eines geknickten Astes」이다(여든다섯에 쓴 이 시를 헤세는 세 번이나

고쳤다). 그의 우울한 심정은 여전해 보인다. 꺾인 가지는
고립무원으로 죽어가는 상태를 나타내는 것으로 보이고,
삐걱거리는 메마른 노랫소리는 마지막 저항과 체념,
그리고 삶의 회한과 임박한 죽음을 표현하고 있는 것 같다.
그러나 메마른 가지도 겨울이 가고 봄이 오면 파릇파릇
살아나듯이, 자연의 순환에 의한 재탄생의 희망이 그에게서
완전히 사라진 것은 아니었다. 헤세는 이 시를 쓰고 얼마 후
사망했는데, 그의 고단했던 일생을 일목요연하게 보여주는
이 시를 서두에 소개했으니, 이 글을 읽기 전에 한 번, 그리고
다 읽은 뒤에 한 번 더 읽어봐주시길 청하고 싶다.

2022년 5월

홍성광

오늘날의 고난과 요구에 직면해
우리가 어느 정도나마 인간적 품위를 유지한다면
미래에도 우리는 인간적일 수 있을 것이다.

■ 일러두기

1. 이 책에서 언급된 헤르만 헤세 전집은 1970년에 출간된 *Gesammelte Werke* (Frankfurt am Main, Suhrkamp Verlag)를 가리킨다.

2. 외국 인명, 지명, 독음 등은 외래어 표기법을 따르되 관용적인 표기와 동떨어진 경우 절충하여 실용적 표기를 따랐다.

3. 국내에 소개된 작품명은 번역된 제목을 따랐고, 국내에 소개되지 않은 작품명은 원어 병기 후 제목을 독음대로 적거나 우리말로 옮겼다.

4. 본문 아래 적힌 주석은 모두 옮긴이 주다.

5. 책 제목은 『 』로, 곡명과 편명은 「 」로, 극작품 제목 및 잡지와 신문 등의 매체명 은 ⟨ ⟩로 묶었다.

이 책에 인용된 저작물과 편지들

『페터 카멘친트Peter Camenzind』전집 1권

『수레바퀴 밑에Unterm Rad』『이편에서Diesseits』전집 2권

『게르트루트Gertrud』전집 3권

『크눌프Knulp』전집 4권

『데미안Demian』『싯다르타Siddhartha』

『클링조어의 마지막 여름Klingsors letzter Sommer』전집 5권

『그림책Bilderbuch』『꿈길Traumfährte』『동화Märchen』

『방랑Wanderung』전집 6권

『뉘른베르크 여행Die Nürnberger Reise』『요양객Kurgast』

『황야의 늑대Der Steppenwolf』전집 7권

『나르치스와 골드문트Narziß und Goldmund』

『동방순례Die Morgenlandfahrt』전집 8권

『유리알 유희Das Glasperlenspiel』전집 9권

『관찰Betrachtungen』『기념집에서Aus den Gedenkblättern』

『정치적 고찰Politische Betrachtungen』전집 10권

『문학 노트Schriften zur Literatur』전집 11, 12권

「1915년 12월 8일의 미공개 편지」

「1924년 3월 13일의 미공개 편지」

「1930년대의 미공개 편지」

「1950년 7월의 미공개 편지」

「헤세가 누나 아델레 군데르트에게 보낸 편지」

『게으름의 기술Die Kunst des Müßiggangs』

『동화집Die Märchen』

『시집Die Gedichte』

『양심의 정치학Politik des Gewissens』

『작은 기쁨들Kleine Freuden』

『정원 일의 즐거움Freude am Garten』

『책들의 세계Die Welt der Bücher』

『책 속의 세계Die Welt im Buch』 2, 3권

『편지 모음Gesammelte Briefe』 1, 2, 4권

『편지 선집Ausgewählte Briefe』

『혼돈을 들여다봄Blick ins Chaos』

I

풍경들

모든 것을 근본적으로 변화시키는

밤의 원초적인 침입,

생명을 되돌려주는 신속한 아침의 이글거림,

무한히 빠르고 격렬한 생성, 폭우와 뇌우,

비옥한 젖은 땅이 주는 따스한 동물성의 냄새,

이 모든 것이 우리에게는 우리 생명의 원천으로

신비롭고도 유익하게 돌아가는 느낌을 준다.

풍경들

1 놀이도 순진무구함도 필요하고
꽃들도 흐드러지게 피어야지
그렇지 않으면 세상은 우리에게 너무 작을지 몰라
그리고 사는 낙도 없겠지.

「활짝 핀 꽃들」『시집』

2 구름 덮인 하늘에서 흐릿한 골목으로 떨어지는 햇살.
무엇을 비추든 상관없다. 바닥에 나뒹구는 병 조각,
너덜너덜 찢어진 벽보, 아이들의 금빛 머리카락. 햇살은
언제나 빛을 내려주고, 마법으로 세상을 아름답게
만든다.

『문학 노트』전집 12권

3 사춘기가 시작될 무렵 가끔 높은 산 위에 홀로 서
있곤 했다. 그리고 한참 동안 먼 곳, 제일 뒤쪽에
있는 부드러운 언덕들 위에 피어오른 옅은 안개를
바라보았다. 그 언덕들 뒤에는 세상이 깊고 푸른
아름다움 속으로 가라앉아 있었다. 내가 열망하는
싱그러운 영혼의 모든 사랑은 커다란 동경 속으로
합류했고, 마법에 걸린 눈으로 멀리 부드러운 푸른색을
들이마신 눈에는 눈물이 촉촉이 맺혔다. 가까운 고향은
내게 너무 서늘하고, 너무 딱딱하며, 너무도 분명하게
안개나 비밀이 없는 것으로 여겨졌다. 그리고 저
건너편에는 모든 것이 너무나 부드러운 색조를 띠고

있었고, 듣기 좋은 음향, 수수께끼, 유혹으로 넘쳐흘렀다.

「머나먼 푸른 하늘」 전집 10권

4 자연을 사랑하는 사람들이 가끔 여우나 뻐꾸기를 보게
되어 관찰할 수 있는 것이 그들에게 작은 체험이자
행운인 것처럼, 나에게 그 새를 만나는 일 또한 매번
하나의 체험이자 행운이며 자그마한 모험이었다.
그건 잠시 피조물이 흉악한 인간에게 갖는 두려움을
잃어버리거나 또는 인간 자신이 낙원에서 추방되기
이전의 삶의 순진무구함을 다시 생각해보게 되는 순간과
같았다.

「새」 『동화』 전집 6권

5 나무는 내게 언제나 가장 감동적인 설교자다. 나는
나무가 사람들 틈에서, 숲과 정원 속에서 자랄 때를
존경한다. 한 그루씩 따로 자라고 있을 때는 더욱
존경한다. 나무는 고독한 사람 같다. 어떤 약점 때문에
몰래 도망친 은둔자가 아닌, 베토벤이나 니체처럼
위대하면서도 고독한 사람 같다. 우듬지에서는 세상의
소리가 살랑거리고, 뿌리는 무한함 속에 쉬고 있다.
하지만 나무는 쉬면서 자신을 잃어버리지 않고 온 힘을
다해 단 하나를 얻으려 애쓴다. 다시 말해 자신의 내부에
깃들어 있는 고유한 법칙을 실현하고, 자신의 형상을
완성하며, 자기 자신을 표현하려 애쓴다.

『방랑』 전집 6권

6 나무들에 귀 기울이기를 배운 자는 더 이상 나무가
   되기를 갈망하지 않는다. 그는 현재의 상태 이외에 어떤
   것도 되기를 갈망하지 않는다. 그것은 고향이다. 그것은
   행복이다.

『방랑』 전집 6권

7 어린 시절부터 항상 자연의 기이한 형태를 바라보는
   버릇이 있었다. 나는 그대로를 관찰하지 않고
   자연의 고유한 매력과 복잡하고 심오한 언어에 흠뻑
   빠져들었다. 나무처럼 변해버린 긴 나무뿌리, 암석에
   그려진 여러 색깔의 무늬, 물 위에 떠다니는 기름
   덩어리, 유리에 난 금—이와 비슷한 온갖 사물이 때때로
   커다란 매력으로 다가왔다. 무엇보다도 물과 불, 연기,
   구름과 먼지, 그리고 특히 눈을 감았을 때 나타나는 빙빙
   도는 색채의 무늬가 매력적이었다.

『데미안』 전집 5권

8 어린 시절 낚시하는 날의 기쁨과 충만한 행복감은
   전설과 같은 것이자 더 이상 믿을 수 없는 일이 되었다.
   하지만 인간은 별로 변하지 않는다. 어떤 기쁨과 도취,
   유희를 맛보려 한다. 오늘날 나는 낚시 대신 수채화
   그리기에서 그런 기쁨을 누리고 있다. 그림 그리기 좋은

날씨의 징조가 보이면 나는 늙어버린 가슴에서 소년
시절 방학 때 맛보았던 희열, 뭔가를 하려는 마음가짐과
의욕의 조그만 메아리가 다시 아련히 울리는 것을
느낀다. 요컨대 그때가 나의 좋은 시절이었고, 나는
여름이 올 때면 언제나 그런 날이 오기를 기다렸다.

「그림 그리기에 대해」『작은 기쁨들』

9   여름 몇 달간 나의 주된 직업은 문학이 아니라 그림이다.
나는 눈이 허락하는 한, 우리의 아름다운 숲 언저리
밤나무 아래에 앉아 테신의 맑은 언덕과 마을을
수채화로 그렸다. 십 년 전에 이미 나는 지상의 그
누구도 나만큼 그곳을 자세히 아는 사람이 없을 것이라
자부했는데, 그 이후로 더 많은 것을 더욱 속속들이 알게
되었다. 내 그림 가방은 두툼해졌다. 해마다 그렇듯이
들판은 모르는 사이 조금씩 더 누런색을 띠었고, 새벽
공기는 더 시원해졌으며, 저녁 산은 점점 더 보랏빛으로
변해갔다.

『뉘른베르크 여행』전집 7권

10   자연에는 수없이 많은 색채가 있다. 그런데 우리는
이러한 색의 수를 스무 개쯤으로 줄여버리기로
마음먹었다.

『클링조어의 마지막 여름』전집 5권

11 수백 장의 그림용 전지와 수많은 물감을 소모했다.
수채화물감이나 제도용 펜으로 오래된 집과 목조
지붕, 정원의 담벼락, 밤나무숲, 가까운 산과 먼 산에
존경을 표하기 위해서였다. 나는 이곳에 많은 나무를
심었고, 가장자리에는 조그만 대나무숲도 조성했으며,
꽃도 많이 가꾸었다. 그러므로 내가 비록 테신 사람이
되지는 않았다 해도, 클링조어의 저택과 언덕의 붉은
집이 오랫동안 그랬듯이 성 아본디오 교회의 땅은 내게
다정스레 자리를 제공할 거라고 희망한다.[*]

「몬타뇰라에서 보낸 40년 세월」『작은 기쁨들』

12 내게 문학보다 그림 그리기가 더 중요하다는 것을
보여주기 위해 나는 삽화가가 되어 다른 작가의 책을
두 번이나 그림으로 장식하기도 했다. 그러나 이 모든
작업보다 훨씬 멋진 것은 여름날 바깥의 자연 앞에서,
햇빛과 바람 속에서 그림을 그리는 일이다.

「그림 그리기에 대해」『작은 기쁨들』

13 여름을 제대로 즐기려면 내게는 세 가지가 필요하다.
찌는 듯이 덥고 작열하는 누런색 밭, 높고 시원하며

---

[*] 헤세는 생전 소원대로 몬타뇰라 근방에 있는 성 아본디오 교회의 공동묘지에 안장
되었다.

고요한 숲, 그리고 노를 젓는 많은 날. 노 젓는 날들
말이다! 호수와 산 너머 푸른 하늘이 찬란히 빛나는
날, 대기가 더위에 떨리고 태양의 열기에 배의 목재가
삐걱거리는 날을 생각한다. 그런 날이면 사람들은 챙
넓은 모자를 쓰고 반나체로 눈부시게 빛나는 호수에
가서, 수영을 즐기거나 호숫가의 짙은 수풀 속에서
휴식을 취할 수밖에 없다. 그리고 나는 하늘이 구름에
뒤덮이고 상쾌한 바람이 불 때 은색 물 위를 가르며 노
젓는 날을 생각한다.

「보덴호」『그림책』 전집 6권

14 보덴호 근처의 작은 집을 비울 때였다. 나는 결국
정원으로 달아났다. 아이들이 밟아 다져놓은 모래
더미 위에는 상자들, 줄로 묶은 가구들이 놓여 있었다.
망가진 너도밤나무 울타리 저편에서, 위협하듯 기다리고
있는 가구 운반차가 희미하게 보였다. 나는 오 년 전에
설치한 울타리를 따라 장작 창고를 향해 걸어갔다.
그곳에는 내가 톱질하고 쪼개서 비축해둔 장작들이
그대로 있었다. 손도끼와 도끼, 톱과 동력삽, 삽과 갈퀴는
모두 치워져 있었다. 그리고 최근 들어 소홀했던 앞쪽
모랫길에는 잡초가 무성하게 자라고 있었다. 그러나
그 옆에는 붉은 당아욱이 마치 어엿한 가로수 길처럼
두 줄로 솟아 위용을 자랑하고 있었다. 나는 모든
당아욱에서 씨들을 빼냈다. 그 씨들을 새로 이사하는

집에 가져가 이곳과 비슷하게 심을 생각이었다. 묵직한
해바라기에는 박새들이 매달려 씨앗을 쪼아 먹고
있었고, 관목에는 붉은 나무딸기가 늦도록 달려 있었다.

「이사」『작은 기쁨들』

15 그런 뒤 쉬는 시간에 해묵은 등나무가 완전히 뿌리를
    내린 테라스에 가본다. 혹시 날씨가 맑아졌는지, 산이
    보이는지 살펴본다. 또는 황폐해진 정원을 바라보며,
    많은 노력을 기울여 그것을 어떤 모습으로 만들지
    생각해본다. 또한 나무들 밑의 과일, 꽃밭의 늦게 핀 꽃,
    뒤늦게 조그만 열매가 열린 황폐한 상록관목의 덩굴,
    그리고 벌어진 껍질 사이로 반짝이는 갈색 밤나무를
    발견한다.

    「이사」『작은 기쁨들』

16 즐거운 마음으로 봄을 기다리며 조그만 정원에 콩과
    상추, 목서초와 금련화의 씨를 뿌리고, 썩은 찌꺼기로
    거름을 준다. 나는 이런 식물들을 회상하고, 다가오는
    식물의 종을 미리 생각한다. 다들 그러듯이 나 역시 이런
    질서 있는 순환을 자명한 일로, 그리고 진정 아름다운
    일로 받아들인다. 가끔은 씨를 뿌리고 수확을 하는
    문제에서, 지상의 온갖 피조물 중 단지 우리 인간만이
    사물의 이런 순환을 비난하며, 모든 사물의 순환이라는
    불멸성을 넘어, 우리에게 개인적이고 고유한, 특별한

불멸성을 가지려 한다는 것이 얼마나 특이한가 하는
생각이 잠시 들기도 한다.

「정원에서」『정원 일의 즐거움』

17 정원이 있는 사람에게 지금은 허다한 봄 일을 생각할
시간이다. 이때 사람들은 텅 빈 화단 사이의 좁은 길을
생각에 잠겨 돌아다닌다. 화단의 북쪽 가장자리에는
눈이 조금 남아 있어, 아직 봄 분위기가 나지 않는다.
그러나 초원이나 시냇가, 따뜻하고 가파른 포도밭의
가장자리에는 녹색을 띤 여러 생명들이 이미 꿈틀거리고
있다. 풀밭에는 벌써 수줍고도 즐거운 삶의 의욕을 지닌
최초의 노란색 토끼풀이 기대에 차 눈을 크게 뜨고
조용한 세상을 들여다본다. 그러나 정원에는 눈송이
말고는 아직 모든 게 죽어 있다. 여기에는 봄이 저절로
가져다주는 것이 별로 없다. 벌거벗은 화단은 참을성
있게 손질과 씨앗을 기다리고 있다.

「정원에서」『정원 일의 즐거움』

18 기나긴 다섯 달 동안 정원이나 향기 없이, 꽃이나 푸른
나뭇잎 없이 우중충한 날씨를 견디며 지낸다는 것은
참담한 일이 아닌가! 그러나 이제 이 모든 것이 다시
시작된다. 오늘 정원이 황량하다 해도 그 안에서 일하는
사람에게는 모든 것이 상상 속에서 벌써 존재한다.
꽃밭에는 생명이 살아 숨 쉰다. 여기에는 연녹색

상추가, 저기에는 흥겨워하는 완두가, 저쪽에는 딸기가
자랄 것이다. 우리는 파헤쳐친 땅을 고르고, 매끈한
선을 멋지게 긋는다. 이후 그 속에 씨앗이 들어가게
된다. 우리는 마음속으로 조그만 꽃밭에 색과 형태를
분배하고, 푸른색과 흰색을 쌓아 올리며, 사이에 웃고
있는 붉은색을 배치한다. 여기는 물망초로, 저기는
목서초로 화려하게 장식하고, 반짝이는 금련화를 아끼지
않는다.

「정원에서」 『정원 일의 즐거움』

19 일을 해나가면서 어리석은 기쁨의 물결이 잦아들고
조용해진다. 이상하게도 이 소소하고 무해한 정원
일이 다른 종류의 동감과 생각으로 우리를 사로잡는다.
그것은 정원을 꾸밀 때 느낄 수 있는 창조자의
즐거움이나 오만 같은 것이다. 우리는 약간의 땅을
머리와 의지에 따라 조성할 수 있고, 여름을 대비해
좋아하는 과일과 색채, 향기를 만들어낼 수 있다. 우리는
조그만 꽃밭, 얼마 안 되는 벌거벗은 땅을 색채의 물결,
눈요깃거리나 작은 에덴동산으로 만들 수 있다.

「정원에서」 『정원 일의 즐거움』

20 결국 우리는 온갖 욕구나 상상력으로 자연이 원하는
바를 하려고 해야 하고, 자연의 의도대로 이루어지도록
해야 한다. 자연은 무자비하다. 자연은 아첨을 통해

그로부터 뭔가를 얻어 가게 하고, 얼핏 보아 계략에
넘어가는 것 같지만, 나중에 그만큼 엄격하게 자신의
권리를 요구한다.

「정원에서」 『정원 일의 즐거움』

21 우리는 정원 일을 즐기는 사람으로서 너무나 짧은, 더운
몇 달 동안 많은 것을 관찰할 수 있다. 우리가 원하고 그
일에 소질이 있다면 오직 다음과 같은 즐거운 것만 볼 수
있다. 즉, 자기와 같은 종류의 개체를 새로이 만들어내고
형성하는 데 있어서 넘칠 듯한 땅의 힘, 구성하고 색을
부여하는 자연의 유희 본능과 상상력, 그리고 자연에서
인간적인 것에 대한 여러 가지 동감으로 즐겁고도
소소한 생활을 맛볼 수 있다. 식물 중에도 좋은 가장과
나쁜 가장, 절약가와 낭비자, 분수를 아는 자와 기식자가
있기 때문이다. 성질과 삶이 편협하고 속물적인 식물이
있는가 하면, 주인이나 향유가처럼 구는 식물도 있다.
그들 사이에는 좋은 이웃과 나쁜 이웃, 우정과 혐오가
있다. 거칠고 방자하며 무절제한 짓을 하면서 살아가고
죽는 식물이 있다. 창백하고 힘들게 살면서 애처롭게
굶주리는 불쌍한 식물이 있다. 어떤 식물은 생식하고
증식하며 믿을 수 없을 정도로 무성하게 번식하는 반면,
후손을 이어가기 위해 힘겹게 꾀어야 하는 식물도 있다.

「정원에서」 『정원 일의 즐거움』

22 정원에서는 모든 생명의 순환이 다른 어디에서보다 더
    자세하고 분명하며 뚜렷하게 보인다. 정원의 계절이
    시작되기 무섭게 쓰레기, 사체, 잘린 어린싹, 다듬어진
    줄기, 질식하거나 그 밖에 다른 이유로 죽은 식물이
    생긴다. 매주 더 많아진다. 그런 것은 모두 부엌 쓰레기,
    사과와 레몬 및 달걀 껍데기, 그리고 온갖 종류의
    먼지와 함께 거름 더미에 올라간다. 시들고 사라지고
    부패하는 건 중요한 문제다. 모든 것은 감시되며
    아무것도 내버려지지 않는다. 해와 비, 안개와 공기,
    추위는 정원사가 주의 깊게 감시하는, 아름답지 않은
    쓰레기 더미를 분해한다. 그리고 다시 한 해가 저물고
    정원의 계절이 지나가는 순간, 이 모든 사체는 빠르게
    썩어 다시 땅속으로 들어간다. 땅을 검고 기름지며
    비옥하게 만든다. 얼마 지나지 않아 흐릿한 흙더미와
    죽음으로부터 새로이 싹이 자라나고, 부패하고 해체된
    것이 새롭고 아름다운 색색의 형태로 힘차게 돌아온다.
    인간에게 그토록 많은 어려움을 생각하게 하는 이 모든
    단순하고 확실한 순환이 조그만 정원마다 조용하고
    급하게, 분명히 일어난다.

    「정원에서」『정원 일의 즐거움』

23 아무튼 자연은 자비롭다. 결국 게으른 자의 정원에도
    어떤 부분은 시금치로, 어떤 부분은 상추로 가득 차고,
    약간의 과일이 열리며, 관상용 여름꽃이 만발할 것이다.

「정원에서」『정원 일의 즐거움』

24 나는 고향을 민족이나 인간성보다, 자연을 국경이나
제복, 세관, 전쟁보다 더 중요하게 생각하는 저 몽상가의
진영으로 점점 빠져들었다.

「알레만인의 고백」『작은 기쁨들』

25 그러나 그 의미와 중요한 점은 언제나 똑같았다.
별장이든 선실이든, 알프스의 오두막이든 토스카나의
정원이든, 테신의 석굴이든 묘지 속의 구덩이든―그
의미는 항상 도피처였다! 이러한 소원을 이야기한
글로는 슈바벤의 목사이자 사랑스럽고 병약한 기인의
시구가 있다. 세상을 등진 그는 마을 일에는 전혀
무관심하게 살면서 이런 시를 지었다.
"내버려다오. 오, 세상이여. 오, 나를 내버려다오!"
나는 오랜 세월 동안 산책하거나 정원 일을 하면서,
잠들기 전이나 깨어난 뒤, 열차를 타면서, 부단히 내
꿈을 키워왔다. 불면의 밤을 보낼 때도 내 생각은 그
꿈을 향해 있었다. 그 꿈을 키우고 색을 입혔으며, 좀 더
아름답고 부드러우며 사랑스럽게 연주했고, 숲 그늘로
지워버렸다. 그리고 염소의 목에서 나는 종소리와 함께
공상에 잠겼고, 그리움을 엮었으며, 사랑을 꿈속에
쏟아부었다.

「도피처」『관찰』전집 10권

26 건강한 사람에게 작은 꽃 하나는 응석받이나 둔감한
자가 느끼는 정원 이상의 가치가 있다. 건강한 사람은
나무 몇 그루, 별이 총총한 밤하늘 한 조각, 거리 곳곳의
인간과 가축을 보고도 즐거움을 느낀다. 순수하고
건강하게 감각을 유지한다면 우리는 모든 것에서 생명을
빨아들일 수 있다.

「크리스마스」『작은 기쁨들』

27 산이나 호수, 하늘을 볼 때 어떤 이해관계를 따져서는
안 되고, 우리와 마찬가지로 전체의 일부분이자 어떤
이념의 현상 형태인 그것들 사이에서 명료한 의식으로
움직이고 고향처럼 친숙하게 느껴야 한다. 누구나, 어떤
자는 예술가로, 어떤 자는 자연과학자로, 또 다른 자는
철학자로서 자신에게 고유한 능력과 교양에 속하는
수단을 지니고 있는 법이다. 우리는 신체적인 것뿐만
아니라 우리의 본질이 전체와 유사하고 또 전체에
적응되어가는 것을 느껴야 한다. 그런 다음에야 비로소
우리는 자연과 실질적인 관계를 맺게 된다.

「자연의 향유에 관해」『게으름의 기술』

28 확실히 우리는 예술가를 보면서 많은 것을 배울 수 있다.
예술가는 각기 나름대로 자신의 목적을 위해 사물을 볼
정당한 권리가 있다. 그러나 화가가 아닌 사람은 자연
풍경을 단지 그림의 대상으로 또는 하나의 그림처럼

볼 이유가 없다. 화가가 아닌 사람이 자연을 '그림처럼' 보는 현상은 내 생각에 단순히 하나의 유행이며, 그 자체로 농부나 사냥꾼, 기동훈련 장교나 지질학자의 관점에서 보는 것보다 더 고상하지는 않다. 한편, 시인이 풍경을 관찰하는 눈 또한 단어로 서술 가능한 것을 보고 선택하는 한, 당연히 다른 어느 것보다 더 높이 평가되어서는 안 된다.

「자연의 향유에 관해」『게으름의 기술』

29 산책객과 일요일 나들이객은 요즘 분주한 생활을 하고 있다. 이리저리 돌아다니며 소생의 경이를 흡족한 마음으로 지켜볼 수 있다. 그들은 만발한 색색의 꽃들로 수놓아져 있고, 봉오리가 나뭇진으로 장식된 나무들이 자라는 푸른 초원을 본다. 집으로 가져가 방에 놓아두기 위해 그들은 은색의 버들개지가 달린 가지를 자른다. 그들은 이 모든 장엄한 광경을 관찰하며 모든 것이 제때 일어나고 꽃 피기 시작하는 것이 얼마나 쉽고 자명하게 이루어지는가에 대해 편한 마음으로 놀라워한다. 어쩌면 이런저런 생각을 할지도 모르지만, 오직 현재의 일만 바라보고 밤의 추위나 애벌레, 쥐나 다른 피해를 겁낼 필요가 없기 때문에 아무런 걱정도 하지 않는다.

「정원에서」『정원 일의 즐거움』

30 많은 이들이 '자연을 사랑한다'고 말한다. 즉, 이들은

가끔 자신들에게 제공되는 자연의 매력을 주저 없이
받아들인다. 집 밖으로 나가 대지의 아름다움을 즐기고
풀밭을 밟으며, 급기야는 꽃과 가지를 잔뜩 꺾어 곧장
내던져버리거나 집으로 가져온다. 그러고는 그것들이
시드는 모습을 가만히 지켜본다. 그런 식으로 자연을
사랑하는 것이다. 이들은 날씨가 화창한 일요일이면
이러한 자연에 대한 사랑을 떠올리고, 자신들의 선량한
마음에 감동받곤 한다.

『페터 카멘친트』 전집 1권

31 사람들은 가끔 '자연'이 그들에게 아무것도 주지
않고, 자신들은 자연과 아무 관계가 없다고 말한다.
바로 이런 사람들이 봄 햇살에 기뻐하고, 여름의
뙤약볕에 나태해지고, 무더위에 축 늘어지며 눈바람에
상쾌해한다. 그것도 하나의 관계라면 관계라고 할 수
있다. 그런 걸 의식한다면 우리는 벌써 자연을 즐길 만큼
성숙해진 것이다. 나는 이러한 자연의 향유를 해명의
여지가 없는 건강한 상태로 이해하지 않고, 반대로
의식적으로 자연과 함께 살고 있는 것으로 이해한다.
한번 이런 일이 이루어지면 소위 지역과 날씨의
'아름다움'은 더 이상 큰 역할을 하지 못한다. 사실
이런 아름다움이 존재하긴 하지만, 그것은 단지 시각적
인상에서 추상한 것으로, 그 인상만이 표준을 정하는
것은 아니기 때문이다. 자연은 어디에서나 아름답거나

또는 어디에서도 아름답지 않다.

「자연의 향유에 관해」『게으름의 기술』

32 누구든 자연에 대해 가지고 싶은 만큼의 권리가 있다.
자연과 교제하기 위해 굳이 스승을 찾을 필요는
없다. 화가나 시인에게서 배울 수 있듯이, 농부나
산림관에게서도 배울 수 있다. 한쪽으로 치우친 교육을
받은 사람들은 모두 해와 땅과의 우애를 잊은 채 잠들어
있다. 그 우애를 깨우기 위해서는 단 한 번 눈을 뜨기만
하면 된다. 그러고 나면 그는 시인이나 화가, 산림관을
비웃고, 자신의 마음과 영혼을 활짝 열어 창조의 숨결이
들어오게 한다.

「자연의 향유에 관해」『게으름의 기술』

33 우리는 자연 앞에서 자유롭고 온전한 동시에, 동등한
권리로 온갖 감각과 정신력을 발휘해도 된다. 누구나
모든 임의의 시간에 그럴 수 있고, 누구나 쇠사슬을 질질
끌고 가야 한다. 우리가 모든 목적으로부터 해방되어 더
자주, 더 심도 있게 세계 전체와 친근하다고 느낄수록
쇠사슬은 더욱 느슨해진다. 또 그럴수록 해와 별, 숲,
바다와 산맥, 폭풍과 추위, 새와 사냥감은 그들의
삶으로부터 더 많은 것을 우리에게 줄 수 있다. 그리고
우리가 관계 맺지 않게 되는 사물의 범위는 더 좁아진다.
오직 그 과정을 통해 우리는 성장할 수 있으며, 삶의

중요성과 가치를 높이고 그 폭을 넓힐 수 있다.

「자연의 향유에 관해」『게으름의 기술』

34 금빛으로 물드는 여름 저녁을 한가로이 바라보고,
가볍고 순수한 산의 공기를 느긋하고 기분 좋게
들이마시는 것만으로는 아직 많이 부족하다. 양지바른
따스한 초원에 드러누워 한가롭게 휴식 시간을 보내는
것은 근사한 일이다. 그러나 산과 시냇물, 오리나무숲과
멀리 우뚝 솟은 산봉우리와 함께 이 초원에 친숙하고
그것을 잘 아는 자만이 자연과 풍경을 완전하게, 백배는
더 깊고 고상하게 즐길 수 있다. 그러한 조그만 땅에서
그 땅의 법칙을 읽고, 그것의 형성과 식생의 필연성을
꿰뚫어 보고, 그 필연성을 역사, 건축양식, 그곳 주민의
기질이나 말투, 의복과 관련해서 느끼려면 사랑과 헌신,
연습이 필요하다. 하지만 그렇게 노력할 만한 보람이
있다.

「여행에 대해」『게으름의 기술』

35 여행 도중 나는 원시림에서 강렬한 인상을 받았다.
나는 인간의 고향에 대한 최신 이론을 알지 못한다.
내게는, 적어도 상징적으로는, 적도의 원시림이 생명의
고향이다. 적도의 원시림은 태양과 젖은 흙으로
생명체를 빚을 수 있는, 단순하고도 원시적인 도가니다.
우리 모두는 자연의 생산력을 극한까지 착취한, 적어도

그런 사실을 알고 측정까지 한 나라에서 살고 있다.
우리는 여행 도중 그러한 수치에 관해 익숙한 사고를
하며 원시림의 한가운데에 있으면서 생명의 요람에
있는 것처럼 생각한다. 지구가, 뒤늦게 미약한 경련을
하는 차가워진 별이 아니라, 생명을 탄생시키는 원시
진흙임을 예감하고 놀라워한다.

「인도」『그림책』전집 6권

36 신비로운 정글에는 사방에 위험이 도사리고 있으며,
무성하게 식물이 자라고 있다. 그리고 좁은 범위의
땅마다 동물들이 새끼를 품으며 무수히 살아가고 있다.
그리고 옛날처럼, 그곳은 당연히 태양이 지배하고 있다!
유럽에서는 그런 사실을 아득히 잊고 있다. 모든 것을
근본적으로 변화시키는 밤의 원초적인 침입, 생명을
되돌려주는 신속한 아침의 이글거림, 무한히 빠르고
격렬한 생성, 폭우와 뇌우, 비옥한 젖은 땅이 주는
따스한 동물성의 냄새, 이 모든 것이 우리에게는 우리
생명의 원천으로 신비롭고도 유익하게 돌아가는 느낌을
준다.

「아시아에 대한 추억」『작은 기쁨들』

37 눈에 보이는 모든 것은 표현이다. 모든 자연은 상像이고
언어이자 색칠된 문자다. 오늘날 자연과학이 고도로
발달했음에도 우리는 사물을 보는 훈련이 제대로

되어 있지 않아서 자연과 힘겹게 씨름하고 있다. 다른
시대, 어쩌면 기술과 공업으로 지구를 정복하기 전의
모든 시대의 사람들은 자연의 마성적인 표정을 느끼고
이해했으며, 우리보다 더 단순하고 더 순수하게 그
표정을 읽는 법을 터득했는지 모른다. 이것은 결코
감상적인 이해가 아니다. 인간이 자연을 감상적으로
대한 것은 비교적 근래의 일이다. 그러니까 우리가
자연에 대해 양심의 가책을 느끼면서부터 자연을
감상적으로 대하게 되었는지도 모른다.

「작은 기쁨들」『작은 기쁨들』

38 우리는 우리 자신과 자연 사이의 경계가 흔들리고
희미해지는 것을 보며, 우리의 망막에 생기는 상이
외부의 인상에서 유래하는지 또는 내부의 인상에서
유래하는지 알지 못하게 된다. 이러한 과정에서 우리는
우리 자신이 창조자이며, 우리의 영혼이 줄곧 세계의
지속적인 창조에 참여한다는 사실을 가장 간단하고도
수월하게 발견한다.
우리 마음과 자연 속에는 서로 나눌 수 없는 동일한
신성이 깃들어 있다. 따라서 외부 세계가 무너진다면
우리 중의 누군가가 이를 다시 건설할 수 있을 것이다.
산과 강, 나무와 나뭇잎, 뿌리와 꽃, 이러한 자연 속의
모든 형상물이 우리 마음속에 이미 자리 잡고 있고,
그 형상물이 영원을 본질로 하는 영혼에서 유래하기

때문이다. 그러한 영혼의 본질을 우리는 알지 못한다.
하지만 이러한 본질을 우리는 대체로 사랑과 창조의
힘이라고 느끼고 있다.

『데미안』전집 5권

39 매일 아침 잠시 하늘을 쳐다보는 데 익숙해지도록 하라.
그러면 여러분은 주위의 공기, 잠과 일 사이에 맛볼 수
있는 상쾌한 아침의 입김을 느끼게 될 것이다. 여러분은
나날과 온갖 지붕이 그만의 외관과 특별한 조명을
지니고 있음을 발견할 것이다. 그 점에 유의하라. 그러면
여러분은 종일 만족한 기분을 느낄 것이고 조금이나마
자연과 사이좋게 지낼 것이다. 눈은 점차 자연과
거리를 관찰하고, 일상 속 무진장한 익살을 파악하기
위한, 소소한 매력들의 중개자로 발전한다. 거기서부터
예술가의 시선이 되는 과정은 그리 어렵지 않다. 중요한
건 시작이며, 눈을 뜨는 일이다.

「작은 기쁨들」『작은 기쁨들』

40 세상엔 너무 아름다운 게 있어,
하지만 그것으로 결코 충분한 생기를 얻을 순 없지.
그대에게 늘 신의를 지키는 그것을
그대는 늘 새로운 눈으로 바라본다.

알프스 산마루의 시선

풍경들

푸른 바다에 난 잔잔한 오솔길
바위 위를 솟구치는 시냇물
어둠 속에서 지저귀는 새.

꿈꾸면서 미소 짓는 아이
겨울밤에 반짝이는 별
고원 목장과 만년설에 둘러싸인
맑은 호수의 저녁노을.
거리 울타리에서 들려오는 노래
나그네와 나누는 인사
어린 시절의 추억
언제나 잊히지 않는 생생한 아픔.

애타는 그 고통은 밤새
좁아진 그대의 마음을 넓혀준다.
그리고 별들 너머에 아름답고 희미하게
향수의 나라를 지어준다.

「너무 아름다운 게 있어」『시집』

II

여행, 일상의 발견

생의 어느 한 영역에 뿌리내리고

친밀하게 길이 드는 바로 그 순간

나태의 위험이 밀려오니,

길 떠나고 여행할 각오가 되어 있는 자만이

습관의 마비에서 벗어날 수 있으리라.

1 　그대는 동경에 이끌려 여행한다. 더 아름답고 햇빛이 더
　　잘 비치는 나라로 여행한다. 우리의 가슴은 활짝 열리고,
　　좀 더 부드러운 하늘이 우리의 행복을 활짝 펴준다.
　　그곳이 이제 우리의 낙원이다.

　　「머나먼 푸른 하늘」 『관찰』 전집 10권

2 　오, 보려무나, 다시 두둥실 떠가고 있구나,
　　잊힌 아름다운 노래들의
　　나지막한 선율처럼
　　푸른 하늘 저쪽으로!

　　오랫동안 떠돌지 않고
　　온갖 시름을 알지 못하는 사람은
　　구름을 이해할 수 없어,
　　방랑의 기쁨을.

　　해님과 바다와 바람처럼
　　난 흰 구름을 사랑해,
　　집이 없는 사람에겐
　　누이이자 천사이기 때문에.

　　「흰 구름」 『시집』

3 　상념에 젖어 울타리를 넘으려다가 메꽃이 얼굴을 스치는
　　바람에 그 꽃잎을 따서 입에 물었다. 산책을 나가 산

위에서 도시를 내려다봐야겠다고 마음먹었다. 이제는
산책도 그런대로 즐거운 계획이었다. 소년은 산책 같은
걸 하지 않기에 전에는 생각지도 못했을 계획이었다.
소년은 숲에 가더라도 자신을 도적이나 기사, 또는
인디언이라 상상하며 간다. 강에 갈 때도 뗏목꾼이나
어부로서, 또는 방앗간을 짓는 목수로서 간다. 초원을
달릴 때는 나비나 도마뱀을 잡으려는 것이다. 따라서
산책은 무얼 시작해야 할지 잘 모르는 어른의 품위 있고
약간 지루한 행위처럼 느껴졌다.

「회오리바람」『이편에서』전집 2권

4   내 가슴속에 넓고 거친 물결 같은 것이 일었다. 나의
모든 청년 시절이 힘차고도 거침없이 몰려와서, 나를
바닥에서 들어 올리고는 사람의 발길이 닿지 않은 먼
곳으로 낚아채 가는 것처럼. 오, 그대 숲이여, 고요한
검은 숲이여, 그리고 그대 먼 호수여, 그대 물속의
잠자는 섬이여! 오, 그대 먼 산들이여! 나는 아주 멀리
떠나려는 사람처럼 슬쩍 방랑으로의 발걸음을 뗐다.
어둠에 싸인 일대는 동화 속 풍경처럼 말없이 내 주위를
감싸고 있었다. 한 시간 후 최초의 네거리가 나올
때까지.

「보덴호」『그림책』전집 6권

5   고향과 일상에서 벗어나면 우리는 아무 걱정도 하지

않고 일에서도 완전히 해방된다. 여행의 이러한
분위기에서 우리는 평소에 하지 못한 일을 할 수 있게
된다. 훌륭한 그림 몇 점에 조용히 감사하며 목적
없는 시간을 보낼 수 있고, 고귀한 건축물에서 울리는
아름다운 음을 열린 마음으로 황홀하게 들을 수 있다. 또
어느 풍경의 선을 진심으로 즐기며 따라갈 수 있다. 그때
평소 우리가 의욕과 관계, 소망의 흐릿한 그물 속에서만
생각하던 것이 우리에게 그림이 된다.

「이탈리아」『그림책』전집 6권

6 '자연' 가까이에서 그의 힘과 위안을 맛보기 위해
아름다운 장소로 여행하기만 하면 된다는 생각은 널리
알려진 오류다. 뜨거운 거리를 피해 달아난 도시민에게
바닷가나 산속의 시원하고 깨끗한 공기가 도움이 되는
건 분명하다. 그는 그것으로 만족해한다. 보다 신선한
기분을 느끼고, 심호흡을 하며, 잠을 더 잘 잔다. 그리고
'자연'을 제대로 즐기고 내부에 흡수했다고 생각하고
감사하는 마음으로 귀향한다. 그런데 그는 자연 가운데
가장 피상적인 것, 가장 비본질적인 것만 받아들이고
이해했으며, 가장 좋은 것, 길가에 있는 것은 발견하지
못한다. 그런 사람은 보고 찾아내며 여행하는 법을
터득하지 못한다.

「여행에 대해」『게으름의 기술』

7 우리는 무엇 때문에 수백 킬로미터 떨어진 곳으로 해마다 여행을 떠나는가? 무엇 때문에 지금보다 풍요로웠던 시대의 건축물과 그림들 앞에서 감사하는 마음으로 즐거워하는가? 무엇 때문에 우리와 아무 상관없는 낯선 민족들의 삶을 호기심 있게 지켜보며 흡족해하는가? 무엇 때문에 기차와 배 안에서 낯선 사람들과 잡담을 나누고, 낯선 대도시의 번잡한 거리에 이상하게도 귀 기울이는가? 한때 내게는 그런 것이 배움에 대한 일종의 욕구이자 교양에 대한 열기로 여겨졌다. 당시에 나는 옛 성당의 프레스코 벽화가 그려진 벽 위에서 수첩 가득 무언가를 적어 넣었고, 식사 비용에서 아낀 돈을 옛 조각품들 사진을 찍는 데 썼다. 그 후 그런 일에 싫증 나게 되었고, 풍경과 낯선 민족성이 관심을 끄는, 좀 더 가난한 나라들을 여행하기로 마음먹었다. 그때 이러한 수수께끼 같은 여행 욕구는 내게 일종의 모험심이기도 했다.

「이탈리아」『그림책』 전집 6권

8 여행의 시학은 일상적인 단조로움, 일과 분노로부터 휴식을 취하는 데에 있는 것이 아니라 모르는 사람들과 함께하고, 다른 광경을 관찰하는 데에 있다. 여행의 시학은 호기심의 충족에 있는 것도 아니다. 그것은 체험에, 다시 말해 더욱 풍요로워지는 데에, 새로 획득한 것의 유기적인 편입에, 다양성 속의 통일성과 지구와

인류라는 큰 조직에 대한 우리의 이해의 증진에, 옛
진리와 법칙을 전적으로 새로운 상황에서 재발견하는
데에 있다.

「여행에 대해」『게으름의 기술』

9 여행은 아무튼 우리에게 많은 것을 제공해줄 수 있다.
예를 들어 신체에는 위생학적인 가치, 감각을 자극하는
장소 및 공기 전환의 가치를, 정신적으로는 비교의
매력과 점진적인 적응의 승리를 안겨줄 수 있다. 어쩌면
모든 사람에게는 그가 가장 편안하게 느끼는 일종의
풍경이 있을지도 모른다. 어떤 사람은 바다나 알프스
고지, 평원을 순전히 신체적으로 견디지 못할지도
모른다. 그러나 모든 새로운 땅에 낯설어하고 적응하지
못해 마음의 부담을 느끼는 사람은 가여울 정도로
불쌍하다. 그에게는 여행자의 외적인, 즉 약삭빠른
적응 능력뿐만 아니라 무엇보다 좀 더 고상한 관점이
결여되어 있다. 낯선 풍경을 자신의 것으로 만들지
않는 자, 어떤 낯선 땅에서도 마음이 훈훈해지지 않는
자, 슬쩍 지나친 어떤 지역에서 나중에 일종의 향수를
느끼지 않는 자의 마음 깊은 곳에는 그런 고상한 관점이
결여되어 있다.

「자연의 향유에 관해」『게으름의 기술』

10 알프스 고갯길, 그런 경계를 넘어가는 것은 얼마나

멋진 일인가! 도보 여행자는 여러 면에서 원시인이나 다름없다. 유목민이 농부보다 원시적이듯이 말이다. 그럼에도 정주定住를 극복하고 경계를 무시하는 일은 나 같은 유형의 사람들을 미래로 향하는 이정표로 만들 것이다. 나처럼 국경을 무시하고 사는 사람이 많다면 더 이상 전쟁도 봉쇄도 없을 것이다. 경계만큼 보기 싫고 어리석은 것도 없다. 경계는 대포나 장군과 같다. 이성, 인간성과 평화가 지배하는 한, 우리는 경계에 대해 아무것도 못 느끼고 그것을 비웃는다. 하지만 전쟁과 광기가 발발하자마자 경계는 중요하고 성스러워진다. 전시의 경계가 우리 같은 방랑자에게 얼마나 고통과 감옥이 되었던가! 그런 경계 따위 악마가 잡아가라지!

『방랑』전집 6권

11 기차를 타거나 우편 마차를 타고 고트하르트, 브레너나 심플론을 거쳐 여행하는 것은 멋진 일이다. 그리고 리비에라를 따라 제노바에서 리보르노까지, 또는 곤돌라를 타고 베네치아에서 키오자로 가는 것은 멋진 일이다. 하지만 그런 여행에서 확실한 인상이 남는 일은 드물다. 무척 섬세하고 완전히 숙달된 사람들만이 보다 위대한 풍경의 특색을 슬쩍 지나가면서 포착하고 단단히 붙잡아둘 능력이 있다. 대부분의 사람들에게는 바다의 공기, 푸른 물빛, 호안의 윤곽에 대한 일반적인 인상만 남을 뿐이다. 그 인상마저 연극 장면의 기억처럼 이내

희미해지고 만다. 인기 있는 지중해 단체 관광에 참가한
거의 모든 사람의 경우가 그러하다.

「여행에 대해」『게으름의 기술』

12 여행자는 모든 것을 보거나 알려고 할 필요가 없다.
스위스 알프스에 있는 두 개의 산과 골짜기를
돌아다니며 세심히 둘러본 자는 같은 시간에 일주 여행
차표로 전 국토를 여행한 자보다 스위스를 더 잘 알게
된다. 나는 루체른과 피츠나우에 다섯 번쯤 가보았다.
그런데도 피어발트슈테터 호수를 진정으로 이해하고
파악하지 못하다가, 일주일 동안 혼자 노 젓는 배를 타고
호수에서 지내면서 모든 만灣에 가보고, 모든 원근감을
음미해보고 나서야 그럴 수 있었다. 그 이후로 그 호수는
내게 속하며, 마음만 먹으면 언제든 사진과 지도 없이
아무리 하찮은 부분이라도 하나하나 확실히 떠올리며
새로이 사랑하고 즐길 수 있다.

「여행에 대해」『게으름의 기술』

13 이제 내 여행에 대해 이야기하도록 하겠다. 여름이
다가왔고, 그때 내 삶의 선율은 우호적이지 않았다.
외부에서 오는 근심에 시달렸고, 내게 위로를 주던
오래된 취미이자 즐거움인 그림 그리기와 독서의 행복은
많이 사라졌다. 지속적으로 눈의 통증에 시달렸기
때문이다. 이미 오래전부터 그런 증세가 있었지만

근래에 들어 매우 격렬하게 지속되었다. 나는 또다시
슬프게도 내 소원이 실현되지 않을 것이며, 그에 따라
내 삶이 다시 의미를 얻으려면 어떤 새로운 징조 속으로
들어가야 한다는 것을 뚜렷이 감지했다.

『뉘른베르크 여행』 전집 7권

14 나는 빨리 여행하는 타입이 아닌지라 내가 이를테면
중세의 단계에 머물러 있다는 것을 부인할 수 없다. 내가
만약 베를린에 갈 결심을 한다면(지금까지는 그것을 피할 수
있었다) 최소한 십이 일은 걸리는 여행이 될 것이다. 나의
여행 방식을 인정하고 그것의 큰 이점을 보려면 완전히
전근대적인 생각을 지녀야 한다. 물론 그 방식에는
단점도 있다. 예컨대 경비가 제법 많이 든다. 그 대신 내
방식으로 여행하면 현대적인 방식으로는 결코 얻을 수
없는 많은 즐거움을 맛볼 수 있다. 그런 즐거움을 얻는
대가로 나는 기꺼이 돈을 치른다. 나는 원래 상상할
수 없을 만큼의 즐거움을 추구하는 사람이므로, 그런
즐거움을 특히 높게 평가한다.

『뉘른베르크 여행』 전집 7권

15 여행 도중에 되어가는 대로 자신을 맡기고, 우연을
신뢰하는 것은 확실히 좋은 방식이다. 그러나 모든
여행은 즐겁기 위해, 보다 깊은 의미에서 하나의 체험이
되기 위해 확고하고 특정한 내용과 의미를 지녀야

한다. 지루한 나머지 또 김빠진 호기심 때문에 내적인
본질에 진정한 관심을 느낄 수 없는 여러 나라를 두루
돌아다니는 것은 잘못되고 우스운 일이다. 마찬가지로
우리가 정성껏 가꾸거나 희생의 제물이 되기도 하는
우정이나 사랑처럼, 신중하게 고르고 사서 읽는 책처럼,
모든 유람이나 연구 여행은 좋아하기, 배우려고 하기,
몰두하기를 의미해야 한다. 여행은 어떤 나라와 민족,
어떤 도시나 풍경을 여행자의 정신적 소유물로 만들려는
목적을 지녀야 한다. 여행자는 헌신적인 사랑으로 낯선
것에 귀 기울여야 하고, 그것에 담긴 본질의 비밀을 끈기
있게 알아내려고 노력해야 한다.

「여행에 대해」『게으름의 기술』

16   낯선 풍경과 도시에서 단지 유명한 것이나 가장 눈에
     띄는 것만 추구하는 대신, 근원적이고 보다 심오한
     것을 이해하고 사랑의 마음으로 파악하려고 갈망하는
     자의 기억 속에는 대체로 우연하고 사소한 것이
     특별한 광채를 지닐 것이다. 피렌체를 떠올려보면 맨
     처음 생각나는 건 성당이나 시의회의 오래된 궁전이
     아니라 보볼리 정원에 있는 조그만 금붕어 연못이다.
     피렌체에 처음 도착한 날 오후에 나는 그곳에서 몇몇
     부인들, 그리고 그들의 아이들과 대화를 나누었다.
     그때 처음으로 피렌체 말을 들었고, 많은 책에서 보아
     그토록 친숙해진 그 도시를 처음으로 그에 관해 대화를

나누거나 손으로 만질 수 있는, 어딘가 현실적이고 살아 있는 것으로 느꼈다. 피렌체의 성당과 오래된 궁전, 모든 유명한 것은 그 때문에 나의 기억에서 사라지지 않았다.

「여행에 대해」『게으름의 기술』

17 이제 어디로 갈 것인가? 며칠 정도나 귀향을 지연시킬 수 있을 것인가? 추측건대 나는 오랫동안 여행할 것이다. 아마 겨우내, 어쩌면 일평생. 결국은 곳곳에서 이런저런 친구를 만나 저녁이면 포도주를 마실 것이다. 때로는 나의 천사가 어느 어스름한 시간에 다시 내 앞에 나타나리라. 또 내 청춘의 성소聖所들도. 그리고 어디서나 내 자유의지로, 차가운 바람을 맞거나 흩날리는 나뭇잎을 보고 단지 슬퍼하지만 않고 웃으리라. 가끔 그렇게 생각했듯이, 아마 내 안에 어떤 해학가가 숨어 있을지도 모른다. 그렇다면 나는 잘해나갈 것이다. 그 해학가가 아직 완전히 발전한 것은 아니지만, 내가 보기에 아직 충분히 나빠진 것도 아니었다.

『뉘른베르크 여행』 전집 7권

18 우린 동경에 차서 남쪽과 동양으로 간다. 고향에 대한 막연한 예감과 감사하는 마음에 이끌려. 우리는 이곳에서 자연이 주는 온갖 선물의 충만함과 넘치는 풍요로움을 발견한다. 또한 낙원 같은 자연 속에

사는 수수하고 소박하며 어린이 같은 인간과 만난다.
그러나 정작 우리 자신은 그렇지 않다. 우리는
이곳에서 이방인이고 시민권이 없다. 우린 오래전에
낙원을 잃어버렸다. 우리가 갖고 싶어 하고 세우려고
하는 새로운 낙원은 적도에 없고, 동양의 따뜻한
바닷가에서도 찾을 수 없다. 그 낙원은 우리 마음속에,
우리 자신이 살아가는 북유럽의 미래에 깃들어 있다.

「인도」『그림책』전집 6권

19 나는 여행 도중 낯설고 이국적인 나라를 알게 되었을
뿐만 아니라 낯선 것을 체험하면서 무엇보다 나 자신의
내면을 발견하고 시험을 견뎠다고 생각했다.

「인도에 대한 추억」『작은 기쁨들』

20 민족의 경계와 대륙 저편에 하나의 인류가 있다는 이
태곳적의 사소하고도 자명한 진실은 내게 그 여행의
최종적이고 가장 큰 체험이었다. 그리고 그 체험은
세계대전이 일어난 이후부터 점점 더 소중해졌다.
여기서부터 비로소 다시, 형제애와 내적인 동일성의
느낌으로부터 낯설고 상이한 것, 나라와 인간들의
다채로움이 가장 친밀한 최고의 매력과 마력을 얻는다.
다른 수천 명의 여행객과 마찬가지로 나는 이국적인
민족과 도시를 얼마나 자주 신기한 대상으로서만
바라보았던가! 또 무척 재미있지만, 기본적으로 나와

아무 관계없는 동물 곡예단을 바라보듯 들여다보았던가!
이러한 입장을 버리고 말레이인, 인도인, 중국인,
일본인을 인간이자 가까운 친척으로 본 시점부터 비로소
그 여행에 가치와 의의를 부여하는 체험이 시작되었다.

「인도에 대한 추억」 『작은 기쁨들』

21 여행은 언제나 체험을 의미해야 한다. 그리고 우리는
정신적 관계를 맺을 수 있는 환경에서만 가치 있는
체험을 할 수 있다. 기회가 있을 때마다 가는 즐거운
소풍, 어떤 음식점 정원에서 보낸 유쾌한 저녁, 호수
위의 증기선 여행은 그 자체로 체험이 아니고, 우리
삶을 풍요롭게 해주지 못하며, 계속해서 커다란 영향을
미치는 자극이 아니다.

「여행에 대해」 『게으름의 기술』

22 나는 여행을 하고 고향에 돌아와서, 한층 원숙하고
현명해진 자의 높아진 감수성과 감사할 줄 아는 성숙한
이해심을 느낄 수 있었다.

『유리알 유희』 전집 9권

23 그러다가 이제 막 잠에서 깨어나 만사를 선명하고
또렷하게 현실로 확인하며 보는 느낌이 들어. 이 년 동안
외지에 나가 있었는데 이렇게 깨우침을 얻다니!

『유리알 유희』 전집 9권

24 생의 어느 한 영역에 뿌리내리고 친밀하게 길이 드는
   바로 그 순간 나태의 위험이 밀려오니, 길 떠나고 여행할
   각오가 되어 있는 자만이 습관의 마비에서 벗어날 수
   있으리라.

   『유리알 유희』 전집 9권

25 나는 우리가 종종 듣곤 하는 어떤 특수한 '여행 재능'을
   신뢰하지 않는다. 여행 중에 낯선 것에 금방 친숙해지고,
   진정하고 가치 있는 것을 볼 줄 아는 자들, 이들과 어떤
   의미를 인식하고 자신이 가진 운명의 별을 따를 줄 아는
   자들은 똑같은 사람들이다. 삶의 근원에 대한 격렬한
   향수, 모든 살아 있는 것, 창조하는 것, 성장하는 것과
   친해지고 하나 됨을 느끼려는 갈망은 세계의 비밀로
   들어가게 해주는 그들의 열쇠다.

   「여행에 대해」『게으름의 기술』

26 태양이 내 마음속 비춰주었네,
   바람이여, 나의 걱정과 무거운 마음일랑 날려버리렴!
   이 세상을 두루 돌아다니는 것보다
   더 커다란 희열은 없다네.

   평지를 향해 서둘러 발걸음을 옮기다 보면
   햇볕에 내 몸 그을리고, 바다는 시원하게 해주네.
   나는 온갖 감각을 활짝 열고

지상에서의 삶을 함께 느끼지.

새날이 올 때마다
새 친구, 새 형제를 사귀면서
온갖 별의 손님이자 친구일지도 모르는
온갖 힘을 기어코 찬미할 때까지.

「여행의 노래」『시집』

III

글쓰기와 책

친구의 말에 경청하듯 책을 읽는 사람에게는

책이 그에게 열려 그 자신의 것이 된다.

그가 읽는 것은 없어지거나 사라지지 않고 그의 것이 되어,

친구만이 할 수 있는 것처럼

그에게 기쁨과 위안을 줄 것이다.

글쓰기와 책

1 이 세상의 모든 책이
그대에게 행복을 가져다주지는 않아,
하지만 책들은 은밀히
그대 자신으로 되돌아가도록 가르쳐주지.

「책들」「시집」

2 왜 사람들은 책과 대화를 나누지 않는가? 책은 때때로
사람들만큼이나 현명하고 재미있지만, 사람들처럼
강요하지는 않는다.

『책 속의 세계』 3권

3 나는 방대한 문학작품을 통해 현대인들이 의연하고 말
없는 자연의 생명을 이해하고 사랑하게 하고 싶었다.
자연의 심장이 뛰는 소리를 듣는 법과 자연 전체의 삶에
참여하는 법을 알리고자 했다.

『페터 카멘친트』 전집 1권

4 인류가 가진 최고의 소유물은 다양한 형태와 언어로
기록되어 있다. 성서, 고대 중국의 신성한 책들, 인도의
베단타*와 많은 다른 책과 장서는 지금까지 인식된

---

* 베단타Vedânta는 어원상 '베다veda의 끝 혹은 결론anta'을 의미하는 것으로, 궁극적
으로 『우파니샤드』를 지칭한다. 이 이름을 딴 베단타학파는 『우파니샤드』에 나타
난 지식을 해탈의 길이라고 주장한다.

몇 안 되는 것들이 형상을 얻은 그릇들이다. 형상은
명료하지 않고 이 책들은 영원하지 않지만, 지금까지의
우리 역사의 정신적 유산을 담고 있다. 모든 문학은
그것들에서 나왔고, 만약 그것들이 없었더라면 존재하지
않으리라.

「세계 위기의 책」『책들의 세계』

5   책의 이토록 무한한 세계는 진정한 독자에게는 각기
다르게 보이며, 각각의 독자는 그 세계에서 자기 자신을
추구하고 체험하기도 한다. 어떤 이는 어린이 동화와
인디언 책에서 셰익스피어나 단테로 나아가고, 또 어떤
이는 학교에서 쓴 별이 총총한 하늘에 대한 첫 작문에서
케플러나 아인슈타인에 이르기도 한다.

「책이 지닌 마력」『책들의 세계』

6   세월이 흐름에 따라 오락과 대중 교육의 필요성이 다른
발명품을 통해 더 많이 충족될수록 책은 더욱 위엄과
권위를 되찾을 것이다. 오늘날, 영화나 라디오 등 최근에
발명된 새로운 경쟁자들은 인쇄매체인 책의 기능을
빼앗아가는 정도까지는 아직 이르지 못했다.

『문학 노트』 전집 11권

7   책이 유럽의 문화생활에서 가장 독특하고 강력한 요소
중 하나가 된 지 근 오백 년이 되었다. 다른 예술에 비해

책 인쇄술은 역사가 비교적 짧지만, 오늘날 책이 없는
생활은 도저히 상상할 수 없을 정도다. 이 문제에서
독일은 곧잘 그러듯이 희비극의 성격을 띠고 있다.
독일은 인쇄술의 발명과 더불어 가장 고귀한 몇 가지
인쇄물을 세계에 선사했으면서도 월계관을 지켜내지
못하고, 책의 인쇄나 양서의 구매에서 약 삼백 년 전부터
다른 나라들, 즉 영국이나 프랑스에 비해 한참 뒤처져
있다. 그런데 최근 들어 우리 독일에서는 오랫동안
황폐해져 있던 이 분야에서 눈에 띄게 강한, 새로운 힘이
생기고 있다. 의심할 여지 없이 그 밑바탕에는 전 국민의
욕구와 필요가 자리하고 있다.

「책과의 교제」『책들의 세계』

8 순전히 재료의 측면에서 볼 때 책이란 공장제식으로
제작된 브랜드상품이라 그다지 가치가 없긴 하지만,
정신에 의해 고상해진 질료의 한 조각이고, 조그만
기적이며, 모든 좋은 가정에서 영예로운 자리에 놓을
만한 성물이다. 그 귀중한 물건은 기쁨과 고양의
원천으로, 조용히 기다리며 언제나 소망에 응할 준비가
되어 있다. 바닥에 아무리 멋진 양탄자가 깔려 있고
아무리 귀중한 벽지와 그림이 벽을 뒤덮고 있다 한들
책이 없다면 빈곤한 집이다.

「책과의 교제」『책들의 세계』

9 시대를 막론하고 작가들의 책 속에 기록된 사고와
본질은 죽은 것이 아니라 살아 움직이는 유기적인
세계다. 문학 지식이 전혀 없더라도 주의 깊고 좀 민감한
독자라면 일간지를 통해 괴테까지 이르는 길을 저절로
찾을 수 있을지도 모른다. 신기하게도 이백 명의 지인
중에 친구로 삼을 만한 사람이 몇 명은 꼭 있듯이,
신문이나 잡지의 온갖 잡다한 글에서 그대에게 뭔가를
말해주는 몇몇 음조와 목소리를 발견할 수 있을 것이다.
그리고 그런 음조와 목소리를 따라가다 보면 또 다른
친숙한 이름과 작품을 만나게 될 것이다.

「책과의 교제」『책들의 세계』

10 모든 서적상과 비평가는 우연의 변덕과 대중의 기호가
얼마나 종잡을 수 없는지를 거의 날마다 관찰할 수 있다.
두 개의 장편소설이 동시에 유서 깊은 출판사에서 좋은
장정으로 비싼 값에 나온다. 그리고 두 작품 다 많은
신문사에서 찬사를 받는다. 그런데 한 작품은 팔리지
않는 반면, 다른 작품은 쇄에 쇄를 거듭한다. 무엇
때문일까? 아무도 그 이유를 모른다. 그 책의 문학적이고
인간적인 가치는 아무튼 결정적인 영향을 행사하지
못한다. 알다시피 매우 좋은 작품은 때때로 가장 천천히
'움직이기' 때문이다. 또한 어떤 작가의 경우, 그의 다른
책들 역시 좋지만 알려지지 않은 반면, 단 하나의 책으로
알려지고 유명해질 수 있는 것은 어찌 된 까닭인가?

글쓰기와 책

「미지의 보물」『책들의 세계』

11 누구와 사귀든 개의치 않는 사람이 아니라면, 자기
   주변에서 마음이 잘 맞는 이를 고르고 선호하는
   사람이라면, 나아가 생활 방식이나 옷 입는 방식,
   성격이나 보다 중요한 생활 습관까지 따지는 사람이라면
   당연히 책의 세계에 대해서도 독자적이고 우호적이며
   친밀한 관계를 맺어야 한다. 또 독립적이고 개인적인
   취향과 필요에 따라 읽을거리를 골라야 한다. 그런데 이
   점에선 아직 너무나 심히 타의와 태만이 만연하고 있다.
   그렇지 않다면 대등한 두 권의 책 중에서 하나는 전혀
   주목을 받지 못하는 반면, 다른 하나는 어쩌다가 유행을
   타고 수십만 권씩 팔리는 일이 어찌 해마다 되풀이될 수
   있단 말인가?

「책과의 교제」『책들의 세계』

12 나는 어떤 책의 가치를 따질 때 그 책의 유명도나 인기는
   전혀 고려하지 않는다. 에밀 슈트라우스*의 놀라운
   작품『친구 하인Freund Hein』은 너무나 유명해서 모르는
   사람이 없지만, 그것 못지않게 좋은 작품인『천사장Der

---

* 에밀 슈트라우스Emil Strauß, 1866~1960는 독일 슈바벤 출신의 소설가로, 19세기 사실
  주의와 연관된 전통적인 작풍이 특징이다. 순박한 민중의 생활감정을 바탕으로 두
  며, 과오나 시련을 겪으면서도 이상주의적으로 노력하는 인간상을 작품에 담았다.

Engelwirt』은 초판에 그치고 말았다. 완곡하게 말하자면 창피한 일이다. 그러므로 사람들이 『친구 하인』을 읽는 이유는 슈트라우스가 중요한 작가여서가 아니라 이 책이 그의 다른 책들보다 우연히 많이 알려졌기 때문이다. 하지만 책이란 최신 스포츠뉴스나 강도 살인사건처럼 잠시 가벼운 오락용 대화의 주제가 되었다가 잊히기 위해 존재하는 게 아니다. 책은 조용하고 진지하게 향유하고 사랑해야 할 대상이다. 그래야 비로소 책은 자신의 가장 내적인 아름다움과 힘을 내보인다.

「책과의 교제」『책들의 세계』

13 우리는 책을 친구나 연인처럼 대우하고, 책마다 자신의 독자성을 존중해주며, 그 독자성에서 벗어난 것은 무엇도 책에 요구해서는 안 된다. 아무 때나 아무렇게, 너무 급히 또 너무 빨리 읽어서는 안 되고, 책의 내용을 받아들이기 좋은 시간에 여유 있고 유쾌한 기분으로 읽어야 한다. 특별히 섬세하고 동감이 가는 언어로 쓰인 사랑스러운 책은 가끔 크게 소리 내어 읽는 것이 좋다.

「책과의 교제」『책들의 세계』

14 애정 없는 독서, 외경심이 없는 지식, 따뜻한 마음이 없는 교양은 정신에 반하는 가장 나쁜 죄악 가운데 하나다.

『문학 노트』전집 11권

15 책을 읽는다는 것은 좋은 독자에게는 낯선 사람의
본질과 사고방식을 알고, 저자를 이해하려고 하며, 그를
될 수 있는 한 친구로 삼으려는 것을 의미한다. 특히
시인의 시를 읽을 때 중요한 점은, 우리가 알게 되는
인물과 사건의 좁은 범위뿐만 아니라 무엇보다도 자기
방식대로 살아가고 바라보는 시인, 그의 기질, 내적인
모습, 급기야는 그의 필적, 예술가적 수단, 그의 사고와
언어의 리듬이다. 책에 어떻게든 사로잡혀 있는 자,
저자를 알고 이해하기 시작하는 자, 그와의 관계를 얻은
자, 그런 자에게 비로소 책의 올바른 영향이 미치기
시작한다. 따라서 그는 책을 넘겨주거나 잃어버리지
않고 사서 간직할 것이다. 필요에 따라 다시 읽고 그
속에서 살아가기 위해서.

「책 읽기와 책을 소장하기」『책들의 세계』

16 책의 영향은 신비롭다. 모든 아버지나 교육자는 때를
놓치지 않았다는 것을 확인하기 위해 아들이나 젊은이의
손에 제때 양질의 책을 쥐여줄 생각을 했던 경험이 있다.
조언과 친절한 감독이 많은 것을 해줄 수 있기는 하지만,
사실 늙었든 젊었든 누구나 책의 세계로 들어가는 자기
자신의 길을 발견해야 한다. 어떤 사람은 일찍부터
시인에게 친숙한 감정을 느끼는 반면, 다른 사람은
오랜 세월이 흘러야 시를 읽는 것이 얼마나 달콤하고
유별난 일인지 알게 된다. 호메로스에서 시작해

도스토옙스키에서 끝나거나, 또는 그 반대가 될 수도 있다. 시인과 함께 성장해 결국 철학자로 건너가거나, 또는 그 반대가 될 수도 있다. 그런 길이 수백 개가 있을 수 있다.

그러나 자신을 도야하고 책에 의해 정신적으로 성장하는 단 하나의 법칙과 유일한 길이 있다. 읽는 대상을 존중하고, 참을성 있게 이해하려고 하며, 겸허한 마음으로 경청하는 것이다. 단지 심심풀이로만 책을 읽는 자는, 아직 그런 자가 많고 또 그게 최상일지도 모르지만, 독서한 뒤에 읽은 내용을 잊어버려 나중에는 책을 읽기 전과 마찬가지로 빈곤할 것이다. 그러나 친구의 말에 경청하듯 책을 읽는 사람에게는 책이 그에게 열려 그 자신의 것이 된다. 그가 읽는 것은 없어지거나 사라지지 않고 그의 것이 되어, 친구만이 할 수 있는 것처럼 그에게 기쁨과 위안을 줄 것이다.

「책 읽기와 책을 소장하기」『책들의 세계』

17 아이들에게도 더 많은 책을 선물하는 게 좋다. 이때 아이들이 단지 억지로 책을 읽을 위험은 그리 크지 않다. 그도 그럴 것이 어느 정도 합리적인 부모의 어느 정도 건강한 아이는 자신에게 낯설고 맞지 않는 책이라면 뭐든지 재빨리 또 단호하게 다시 옆에 내려놓기 때문이다. 그렇다고 아이들에게 읽을거리를 잔뜩 주라는 말은 아니다. 필요나 욕구가 생길 때만 책을 줘야 한다.

사람들은 아이에게 성탄절이나 생일에 두세 권의 책,
또는 몇 달이나 일 년에 걸쳐 읽어야 할 비싼 그림책을
주기도 한다. 혹은 그 대신 값싼 보급판의 도움을 받아
욕구를 충족할 수도 있다. 물론 아이들의 경우 책을
읽어서 눈을 망치지 않도록 각별한 주의를 기울이는 일
또한 필요하다.

「값싼 책들」 『책들의 세계』

18 자넨 성서에 너무 많은 기대를 하고 있어. 무엇이
    진리인지, 인생이 본래 어떻게 이루어진 것인지는 각자
    스스로 깨달아야 하는 거지 책에서 배울 수 있는 게
    아니란 말일세.

    『크눌프』 전집 4권

19 진리는 분명 있네. 그러나 자네가 바라는 '가르침',
    절대적이고 완전하고 지혜롭게 하는 가르침이란
    존재하지 않아. 완전한 가르침이 아닌 자네 스스로의
    완성을 바라야 하네. 신성은 개념이나 책 속이 아닌 자네
    안에 있어. 진리는 체험되는 것이지 가르칠 수 있는 것이
    아니거든.

    『유리알 유희』 전집 9권

20 사람들 대부분이 책 읽는 법을 알지 못한다. 사람들은
    왜 책을 읽어야 하는지 제대로 알지 못하고 있다. 어떤

사람들은 독서를 대체로 힘들지만 그래도 '교양'을
얻기 위한 불가피한 길로 간주한다. 그리고 그들은
온갖 독서로 기껏해야 '교양'을 얻기도 한다. 다른 어떤
사람들은 독서를 시간을 허비하는 가벼운 즐거움으로
생각한다. 그러면서 그들은 지루하지만 않으면
기본적으로 무엇을 읽든 매한가지라고 생각한다.

「독서에 대하여」『책들의 세계』

21 의무감이나 호기심에 단 한 번 읽은 것으로는 결코
진정한 기쁨이나 보다 깊은 즐거움을 얻을 수 없으며,
기껏해야 일시적으로 생겼다가 금방 잊히는 긴장을
일으킬 뿐이다. 그러니 어떤 책을 우연히 읽고 깊은
감명을 받았다면 얼마 뒤에 잊지 말고 꼭 다시 읽어보라!
두 번째 읽을 때 책의 핵심이 드러나고, 순전히 피상적인
것에 불과했던 긴장감이 사라지고, 내적인 삶의 가치,
서술의 독특한 아름다움과 힘이 효과를 발휘하는 것이
얼마나 경탄스러운지 모른다. 그리고 두 번 즐겁게 읽은
책이라면 싼값이 아니더라도 반드시 사도록 해야 한다.

「책과의 교제」『책들의 세계』

22 인생은 짧다. 저승에서는 책을 몇 권 읽었는지 묻지
않는다. 그러므로 무가치한 독서로 시간을 보내는 건
어리석고 해로운 일이다. 내가 이때 염두에 두는 것은
나쁜 책이 아니라 무엇보다도 독서의 질 자체다. 우리는

글쓰기와 책

삶의 모든 발걸음이나 호흡에서 그러듯이 독서에서
무언가를 기대해야 한다. 보다 풍부한 힘을 얻기 위해
힘을 쏟아야 한다. 우리는 보다 의식적으로 자신을 다시
발견하기 위해 자신을 잃어야 한다. 문학사를 읽어도
기쁨이나 위안, 힘이나 마음의 안정을 얻지 못한다면
문학사를 아는 것은 아무런 의미가 없다.

생각 없는 산만한 독서는 눈에 붕대를 감고 아름다운
풍경 속을 산책하는 것과 같다. 우리는 우리 자신과
일상생활을 잊기 위해서가 아니라 반대로 우리의 삶을
보다 의식적이고 성숙한 태도로 다시 단단히 손에
쥐기 위해 독서해야 한다. 우리는 냉담한 선생님에게
다가가는 소심한 학생이나 술병에 다가가는 건달처럼
할 것이 아니라, 알프스에 오르는 등산객처럼,
무기고로 들어가는 전사처럼 책에 다가가야 한다. 또한
피난민이나 삶에 불만을 품은 사람처럼 할 것이 아니라
호의를 품고 친구나 조력자에게 다가가는 사람처럼
책에 다가가야 한다. 만약 내가 말한 대로 한다면 지금
읽는 책의 십분의 일 정도만 읽힐 것이다. 그리고 우리
모두 열 배는 더 기쁘고 풍요로워질 것이다. 우리의 책이
전혀 팔리지 않게 된다면, 그리고 우리 작가들이 열 배는
더 적게 글을 쓰게 된다면 그것은 결코 세상에 해롭지
않으리라. 글쓰기가 독서보다 더 나은 것은 아니기
때문이다.

「독서에 대하여」『책들의 세계』

23 나는 사람들이 어디서나 책을 너무 많이 읽는다고 감히
주장한다. 이러한 다독으로 인해 존경이 아닌 부당한
일이 벌어진다. 책은 의존적인 사람을 더 의존적으로
만들어서는 안 된다. 생활력이 없는 사람에게 값싸고
기만적인, 대체의 삶을 제공해서는 더욱 안 된다. 이와
반대로 책은 사람들을 삶으로 이끌어가고, 삶에 도움이
되고 유익할 때만 하나의 가치를 지닌다. 약간의 힘,
다시 젊어지는 예감, 새로이 원기가 솟는 느낌이 생기지
않으면 책을 읽는 시간은 모두 낭비되는 셈이다.

「독서에 대하여」『책들의 세계』

24 순전히 외적으로 보면 독서는 정신 집중을 위한
계기이자 필수적인 것이다. 정신을 '분산'시키기
위해서라면 독서는 가장 그릇된 방법이다. 정신병에
걸리지 않은 자는 결코 정신을 분산시키지 말고
집중시켜야 하고, 어디에 있든, 무엇을 하거나 생각하고
느끼든 간에 언제 어디서나 온 힘을 다해 정신을
차리고 있어야 한다. 그러므로 우리는 무엇보다 독서를
할 때 역시 모든 적절한 책은 정신 집중, 즉 복잡한
일의 축소와 강도 높은 단순화를 나타낸다고 느껴야
한다. 아무리 짧은 시도 인간적인 느낌의 단순화이자
농축이다. 책을 읽을 때 스스로 주의 깊게 함께하고
체험하겠다는 의지를 갖지 않는다면 나는 나쁜 독자다.
그로써 내가 시나 소설에 부당한 일을 한다면 나는

감동받지 못할지도 모른다. 그러나 나는 나쁜 독서를
통해 무엇보다 나 자신에게 부당한 일을 한다. 가치
없는 일에 시간을 보내고, 내게 전혀 중요하지 않으며,
곧 다시 잊어버리겠다고 미리 생각하는 일에 시력을
사용하고 주의를 기울인다. 나는 내게 전혀 유익하지
않고, 내가 결코 소화하지 못할 인상들로 나의 뇌를
지치게 만든다.

「독서에 대하여」『책들의 세계』

25 물론 개개인이 어떤 책을 읽고 사야 할지에 대해
한마디로 딱 잘라 조언해줄 수는 없다. 각자 자신의
생각과 취향을 따를 수밖에 없다. 사람들은 툭하면 수천
또는 수백 권의 '최우수' 도서 목록을 작성하고 있긴
하지만, 이는 개인의 장서에는 전혀 무가치하다. 여기서
또다시 강조해 말하지만 독자가 지녀야 할 가장 중요한
덕목은 선입견이나 편견에서 벗어나는 일이다.

「책과의 교제」『책들의 세계』

26 천 개나 백 개의 '최상의 책'은 존재하지 않는다.
개인마다 자신에게 친근하고 이해되며, 사랑스럽고
소중한 책을 특별히 선택한 목록이 존재한다. 따라서
좋은 도서관은 특정한 주문에 따라 만들어질 수 없다.
누구나 자신의 필요와 사랑에 따라야 하고, 친구를
얻을 때와 꼭 마찬가지로 점차 자기 자신의 장서를

갖추어야 한다. 그 작은 장서는 그에게 작은 세계를
의미할지도 모른다. 몇몇 책에만 욕망을 한정한 아주
훌륭한 독자들이 항상 있었다. 성서만 소유하고 아는,
많은 농부의 아내들은 거기에서 더 많은 것을 읽어냈고,
버릇이 잘못 든 어떤 부자가 그의 귀중한 장서에서 얻을
수 있는 것보다 더 많은 지식과 위안, 기쁨을 길어냈다.

「책 읽기와 책을 소장하기」『책들의 세계』

27 순진한 독자가 있다. 우리 각자는 때로 순진하게
독서한다. 이런 독자는 식사하는 자가 음식을 집어
들 듯 책을 집어 든다. 소박한 독자가 소재나 배경,
줄거리에 관심을 보인다면, 교양 있는 독자는 예술이나
언어, 작가의 교양과 정신적 능력에 관심을 보인다.
그들은 이런 것들을 객관적인 것, 어떤 문학작품의
궁극적인 최고의 가치로 받아들인다. 세 번째 유형의
독자는 너무나 개성적이고 너무나 주관적이어서 자신의
읽을거리에 완전히 자유로운 태도를 취한다. 그는
교양을 쌓거나 재미를 얻기 위해 책을 읽지 않는다.
이러한 독자는 어떤 책에서 멋진 구절, 지혜나 진리가
표현된 구절을 보면 시험 삼아 일단 뒤집어본다. 모든
진리는 그 역도 진리임을 그는 진즉 알고 있다. 그는
모든 정신적 입장은 하나의 극極이며, 거기에는 등가의
반대 극도 존재함을 진즉 알고 있다. 상상력과 연상
능력이 최고조에 이르는 순간 우리는 더 이상 종이 위에

쓰인 것을 읽는 게 아니라, 읽는 것에서 받은 자극과
착상의 물결 속에서 헤엄쳐 다닌다.

「독서에 대하여」『책들의 세계』

28 부끄럽지만 나는 조금씩 시를 쓰기 시작했다. 노트 몇
권이 차츰 시와 초안, 그리고 짤막한 이야기 들로 가득
차게 되었다. 그것들은 이제 사라져버렸고 아마 거의
가치도 없을 것이다. 하지만 내 가슴을 두근거리게
하고 내게 은밀한 기쁨을 안겨주기에는 충분했다. 이런
시들에도 아주 서서히 비판과 자기 성찰이 뒤따랐다.

『페터 카멘친트』 전집 1권

29 시인이라는 것, 다시 말해 시인으로서 성공을 거두고
유명해지는 것이 금지되어 있지는 않았고, 심지어
명예로운 일로 간주되었다. 그런데 유감스럽게도 성공을
거두고 유명해지는 건 대체로 이미 죽은 뒤였다. 그러나
시인이 되는 일, 시인이 되려고 하는 일은 불가능했다.
내가 곧 알게 되었듯이, 그것은 우스꽝스러운 일이자
치욕이었다. 나는 그 상황을 금방 파악했다. 시인인
것은 괜찮지만 시인이 되려고 해서는 안 되었다. 더구나
교사들은 시나 자신의 시적 재능에 관심을 갖는 것을
수상쩍게 생각했다. 그 대가로 의혹의 눈초리를 받거나
조롱의 대상이 되었다. 때로는 극도로 모욕을 당하기도
했다. 시인을 대하는 태도는 영웅을 대하는 태도와

똑같았다. 그들은 모두 강력하거나 멋지고 의기양양하며
일상적이지 않은, 비상한 노력을 하는 인물이었다. 다시
말해 과거 속에서 그들은 근사했고, 모든 교과서에는
그들에 대한 칭찬이 가득 적혀 있다. 하지만 현재와
현실 속에서 그들은 미움을 받았다. 추측건대 교사들은
유명하고 자유로운 인간으로 성장하는 일, 위대하고
훌륭한 일을 될 수 있는 한 막기 위해 고용되고 교육받은
모양이었다.

「요약한 이력서」『꿈길』전집 6권

30 나는 세 시간 동안 책상에 앉아 '흥미진진한' 문제
때문에 골머리를 앓았다. 그걸 매우 짧고 객관적으로,
그리고 되도록 덜 흥미진진하게 표현하려고 했다.
그렇게 하는 데 성공했는지는 알지 못한다. 때로 우리는
훨씬 나중에 가서야 그 결과를 알 수 있다. 그런 뒤 나는
너무나 기진맥진해서, 잔뜩 글을 써놓은 원고 옆에 슬픈
기분으로 오랫동안 앉아 익히 잘 아는, 달갑지 않은
사고의 과정에 시달리고 있었다. 저녁의 이러한 글쓰기,
이 년 전쯤 언젠가 내게 환영으로 나타났던 한 인물을
이처럼 천천히 형상화하는 일—절망적인 동시에 기쁨을
안겨주는 이러한 소모적인 작업이 정말로 의미 있고
필연적인 것일까? 카멘친트, 크눌프, 페라구트, 클링조어,
황야의 늑대에 이어 이제 또 하나의 인물, 다시 말해
새로운 화신化身, 나의 본질이 언어에 의해 섞이고

세분화되어 구현된 인물을 창조하는 일이 과연 필연적인
것일까?

「글 쓰는 밤」『책들의 세계』

31 내가 무척 높이 평가하는 문필가 중에는 빌헬름 셰퍼*가
있다. 그는 몇 해 전 작가의 임무를 하나의 문장으로
말해준 적이 있다. 그는 그 문장을 자신의 어떤 책에서
언급하기도 했다. 그 문장은 내게 깊은 감명을 주었고,
의심할 여지 없이 훌륭하고 참되며 탁월한 표현이었다.
그런 점에서 셰퍼는 대가답다고 할 수 있다. 작가에 대한
그 명제는 오랫동안 내 마음속에 남아 있었다. 나는 그
명제를 결코 잊지 않았고, 가끔 뇌리에 떠올리곤 했다.
그런데 우리가 절대적으로 완전히 동의하는 진리라면
그럴 수 없는 법이고, 꿀꺽 삼키는 대로 즉시 소화되기
마련이다. 그 문장은 이러했다.
"작가의 임무는 단순한 것을 의미심장하게 말하는 것이
아니라 의미심장한 것을 단순하게 말하는 것이다."
마치 흠잡을 데 없는 대구법 같지만 딱히 그렇지는 않다.
문장을 한번 뒤집어보는 간단한 실험을 함으로써, 나는
핵심에 좀 더 가까이 다가가게 되었다. 문장을 뒤집으니

---

* 빌헬름 셰퍼Wilhelm Schäfer, 1868~1952는 자연주의에서 출발한 독일의 향토작가다.
간결하고도 풍부한 문체로 쓰인 대표작 『일화집Rheinsagen』으로 작가로서의 지위
를 확립했다.

이런 문장이 되었다.

"작가의 임무는 의미심장한 것을 단순하게 말하는 것이
아니라 단순한 것을 의미심장하게 말하는 것이다."
이처럼 뒤집힌 문장은 전혀 새로운 힘과 온기를 띠며
빛을 발한다. 내가 뒤집어놓은 문장의 뜻은 이랬다.
"작가의 임무는 무엇이 의미심장하고 중요한지 결정하는
일이 아니다. 또 모든 게 뒤죽박죽인 세상에서 후대의
독자를 위해 후견인으로서 취사선택해 다만 가치 있고
진정으로 중요한 것을 전달해주는 일이 아니다. 아니,
그 정반대다! 작가의 임무는 사소하고 하찮은 것에서
영원하고 어마어마한 것을 인식하고, 신은 어디에나
존재하고 모든 사물에 깃들어 있다는 이러한 보물,
이러한 지식을 번번이 발견하고 알려주는 일이다."

「빌헬름 셰퍼의 주제에 대한 변주」『책들의 세계』

32 마지막으로 외국 책, 프랑스 책 이야기를 하겠다.
그 프랑스인은, 물론 오늘날의 정신적인 프랑스를
함께 건설한 사람들 중 한 명이긴 하지만, 전쟁의
가증스러움에 대해 일평생 단 한 시간도 찬미하지
않았다. 그는 로맹 롤랑이다. 그의『바보 브뢰뇽Colas
Breugnon』은 멋지고 즐거운 놀라움으로 다가온다. 시대
문제나 비극, 혹은 미래를 향한 꿈이 아니라 인간성을
다룬 사랑스럽고 친근한 책이다. 태양과 바람, 시골
공기와 싱그러운 아침, 오래된 독한 와인이 있는

휴가지에서 읽을 책이다. 그것은 건강 그 자체처럼
좋으며, 즐거움을 안겨준다.

「몇 권의 책에 대하여」 『책들의 세계』

33 나로서는 그런 수치스러운 일을 고백하기가 무척
   힘들다. 하지만 글의 배후에 진실을 향한 의지가 담겨
   있지 않다면 쓰는 일에 대체 무슨 의미가 있겠는가?

   『요양객』 전집 7권

34 무엇 때문에 책을 읽고 쓰고, 시에서 기쁨을 얻는단
   말인가? 무엇 때문에 이 모든 일을 한단 말인가? 사
   년간 전쟁을 치르며 현명하고도 커다란 세계는 은밀하고
   행복한 백치들인 우리 시인들에게 천둥과 벼락을 치면서
   우리가 바보이고 감상적인 멍청이라는 지혜, 세상에는
   우리의 순진한 관심과는 다른 중요한 문제가 있다는
   지혜를 알려주었다.

   「서재에서 보내는 가을 저녁」 『책들의 세계』

35 우리 작가들에게 글을 쓰는 일은 그때마다 새롭게
   흥분되는 대단한 일이다. 아주 작은 조각배를 타고
   먼바다를 항해하는 일이며, 우주를 통과하는 고독한
   비행이다. 적절한 단어를 하나 찾아 선택하는 동시에
   만들고 있는 문장 전체를 느낌과 청각 속에 담아두는 것,
   그리고 문장을 갈고닦아 생각한 대로 구성해 구조물의

나사를 조이는 동시에 장章과 책 전체의 분위기와
균형을 어떻게든 은밀한 방식으로 언제나 느낌 속에
생생하게 간직하는 것은 흥분되는 작업이다.

『요양객』 전집 7권

36 저는 귀하의 운문을 읽고 귀하께서 니체를 더 많이
읽었는지 보들레르를 더 많이 읽었는지, 좋아하는
시인이 릴리엔크론*인지 호프만슈탈**인지는 알 수
있습니다. 또한 예술과 자연에 대해 이미 의식적으로
형성된 취향이 있는지도 알 수 있습니다. 물론 그런
취향은 시적 재능과는 전혀 무관하지만 말입니다.
저는 가령 (귀하의 운문을 두고 하는 말입니다) 귀하가 겪은
체험의 자취를 발견할 수 있고, 귀하께서 어떤 성격의
소유자인지 이미지를 그려볼 수도 있습니다. 하지만 그
이상은 불가능합니다. 습작 원고를 보고 문학적 재능을
평가할 수 있다고 약속하는 자는, 마치 필적 감정사가

---

* 데틀레프 폰 릴리엔크론Detlev von Liliencron, 1844~1909은 독일의 서정시인이자 산문
작가다. 전쟁 체험을 선명하게 그린 첫 작품『부관의 승마와 그 밖의 시Adjutantenritte
und andere Gedichte』로 큰 반향을 불러일으켰다. 그 외 작품으로 서사시『포크프레트
Poggfred』, 산문집『전쟁 이야기Kriegsnovellen』 등이 있다.

** 후고 폰 호프만슈탈Hugo von Hofmannsthal, 1874~1929은 오스트리아의 시인 겸 극작가
다. 독일 '세기말Fin de siècle'과 '빈 현대Wiener Moderne' 중 한 사람으로 간주된다. 대
표작으로는 극작품 〈바보와 죽음Der Tor und der Tod〉, 소설 「그림자 없는 여인Die Frau
ohne Schatten」이 있다.

신문의 편지 대필자란에 올린 정기 구독자의 필체를
보고 그의 성격을 감정하겠다는 것과 마찬가지로,
사기꾼이 아니라면 대단히 피상적인 사람일 겁니다.

「많은 이들에게 보내는 젊은 시인의 편지」 『책들의 세계』

37 젊은 작가의 재능을 판단하기란 귀하께서 간단히
생각하는 것과는 달리 결코 쉽지 않습니다. 제가 귀하를
정확히 알지 못하는 만큼, 귀하께서 개인적으로 어떠한
발전 단계에 있는지도 알지 못합니다. 귀하의 시에
보이는 미숙함이 반년 이내에 사라질 수도 있고, 십
년이 지나도 똑같은 실수를 저지를 수도 있습니다. 스무
살의 나이에 놀랍도록 아름다운 시를 지은 젊은 시인이
서른이 되어서는 더 이상 그런 시를 쓰지 못하거나
아니면 더 못한 시를 쓰거나 여전히 똑같은 시를 쓰기도
합니다. 반면에 서른이나 마흔이 되어서야 꽃을 피우는
재능도 있습니다.
요컨대 장차 시인으로 명성을 얻을 수 있겠느냐는
귀하의 질문은 다섯 살짜리 사내아이가 앞으로 키가
크고 늘씬할지 아니면 계속 작을지를 묻는 어머니의
질문과 같습니다. 그 사내아이는 열넷, 열다섯이 되도록
작은 아이로 있다가, 갑자기 훌쩍 커질 수도 있습니다.

「많은 이들에게 보내는 젊은 시인의 편지」 『책들의 세계』

38 시인이 되는 것이 꼭 필요하다고 생각하십니까?

시인이 되는 일은 많은 재능 있는 젊은이에게 하나의 이상입니다. 시인이란 존재를 독창적인 사람, 섬세한 감각과 정화된 감정을 지닌 마음이 순수하고 감수성이 예민한 사람으로 이해하기 때문입니다. 그런데 이런 덕목은 굳이 시인이 되지 않아도 누구든 가질 수 있습니다. 또 미심쩍은 문학적 재능을 갖는 대신에 그런 덕목을 갖는 게 더 낫습니다. 어쩌면 유명해질 수도 있겠다는 심정 때문에만 시인의 길에 관심이 있는 자라면 차라리 배우가 되는 게 좋겠습니다.

지금 시를 짓겠다는 욕구가 있다는 것 자체는 칭찬할 일도 부끄러워할 일도 아닙니다. 체험한 것을 의식 속에서 분명히 하고, 간결한 형태로 포착하는 습관은 귀하를 발전시키고, 진정한 인간이 되도록 도와줄 수 있습니다. 하지만 시를 짓는 일은 해를 끼칠 수도 있습니다. 그것은 아주 많은 사람에게 해악을 끼칩니다. 체험한 것을 순수하게 충분히 맛보는 대신 금방 아무렇게나 해치우고 처리하는 쪽으로 오도함으로써 말입니다. 일부 젊은 시인들은 자신의 체험을 시적인 관점에 따라 평가하는 습관이 들어, 결국은 글을 쓰기 위한 체험만 하는 감상적인 장식가가 되고 맙니다. 귀하가 쓴 시 습작이 귀하에게 유리하고, 자기 자신과 세계에 대해 보다 명확히 알게 하고, 귀하의 체험 능력을 제고시키며, 귀하의 양심을 날카롭게 해주도록 도와준다는 느낌이 드는 한 시 창작을 계속하십시오.

그러면 시인이 되건 안 되건 상관없이 눈동자가 맑은,
쓸모 있고 깨어 있는 인간이 될 것입니다. 하지만 제가
희망하건대, 그것이 귀하의 목적이라면, 그렇다면
시문학을 향유하고 창작할 때 조금의 장애라도 보이거나
빗나간 샛길 또는 허영심에 빠질 것 같은 유혹, 소박한
삶의 감정이 약화할 유혹이 조금이라도 감지된다면
귀하의 문학이든 우리의 문학이든 모든 문학을
던져버리십시오!

「많은 이들에게 보내는 젊은 시인의 편지」『책들의 세계』

39 당신은 왜 굳이 시인이 되려고 합니까? 공명심이나
명예욕에서 그런 것이라면 분야를 잘못 선택한 겁니다.
다시 말해 오늘날의 독일인은 시인을 대수롭지 않게
여기며, 시인 없이도 그럭저럭 살아갑니다. 또한
돈벌이의 문제와도 관련이 있습니다. 당신이 독일의
가장 유명한 시인이 된다 해도(물론 이때 연극은 제외하고
말입니다) 양말 공장 또는 바느질용 바늘 공장의
공장장이나 중역에 비한다면 여전히 가난뱅이에 지나지
않을 겁니다.
당신에게는 어쩌면 시인이 되려는 것에 대한 이상이
있을지도 모릅니다. 당신이 속으로 그런 생각을 품는
것은 시인을 독창적인 존재, 마음이 순수하고 감수성이
예민하며 경건한 사람, 섬세한 감각과 정화된 감정을
지닌 사람, 외경심을 지닌 사람, 혼이 담긴 뭔가 고상한

삶의 영위를 갈망하는 사람으로 생각하기 때문입니다.
어쩌면 당신은 시인을 수전노나 난폭한 사람과
반대되는 사람으로 생각할지도 모릅니다. 어쩌면 당신이
시인이 되려고 열망하는 것은 시구나 명예 때문이
아니라, 겉보기에 시인이 자유나 고립을 누린다고
생각해서인지도 모릅니다. 하지만 가면을 쓴 위선적인
시인이 되지 않으려면 시인은 많은 책임감을 가져야
하고, 스스로를 희생해야 합니다.

「어느 젊은 시인에게 띄우는 편지」『책들의 세계』

40 당신이 시인에게 있다고 여기는 그 높은 특성, 임무와
목표, 자기 자신에 대한 성실성, 자연에 대한 외경심,
임무에 헌신하겠다는 준비 자세, 그리고 결코 자신에게
만족하지 않는 책임감과 잘 쓴 문장이나 시구에 대해
불면의 밤으로 대가를 치르는 그 책임감, 이 모든
덕목은(우리가 그것을 그렇게 부르려고 한다면) 결코 진정한
작가의 특질만은 아닙니다. 그것은 자신의 직업과는
무관하게 진정한 인간, 즉 노예가 되지 않고 기계가 되지
않은 인간, 경외심 있고 책임감 있는 인간의 특질이기도
합니다.

「어느 젊은 시인에게 띄우는 편지」『책들의 세계』

41 그 자체로 벌써 미심쩍은 현상인 작가는 인간 무리
내에서 오해받을 운명을 분명히 지니고 있는 것

같습니다. 그것이 작가의 본래적인 운명이고 주된
사명인 것 같습니다. 물론 그것이 언제나 난방이 되지
않는, 지붕 밑 다락방에서의 고독한 굶주림이라는
거칠고 끔찍한 형태 또는 광기라는, 적지 않게 사랑받는
형태로 일어나는 것은 아닙니다. 읽히지 않기 때문에
오해받는 작가들이 있습니다. 오늘날 위대한 독일
작가들은 모두 여기에 속합니다. 어떤 작가들의 책은
수십 권이나 수백 권밖에 팔리지 않아서 적잖이
오해받고 있습니다. 그도 그럴 것이 범인은 시인을
진정으로 인식할 수 없고 진정으로 인정할 줄 모르기
때문입니다. 진정한 인식과 인정은 문학사가의 허구에
불과합니다. 작가는 자신이 알든 모르든 언제나
형이상학자입니다. 그는 자신이 알든 모르든 결코
'현실'과 관계하지 않습니다. 작가의 사명과 본질은
인간을 우연성과 가변성의 측면에서 인식한다는 점에
있습니다. 또 현실과 우연한 인간성을 인간성에 대한
시인 자신의 꿈, 인간의 운명에 대한 자신의 예감으로
대체한다는 점에 있습니다. 단테나 괴테, 횔덜린을
비롯해 모든 작가가 그렇게 했습니다. 자신이 알려고
했든 하지 않았든, 알든 모르든 상관없이 말입니다.
자신의 행위의 본질을 의식해 소박성을 잃어버린
작가에게는, 따라서 그의 불안정한 상황에서 탈출할
방법이 두 가지밖에 없습니다. 비극적인 종말을 맞는 것,
즉 인간적인 것으로부터의 탈피나 유머로의 도피입니다.

모든 위대한 작가는 이 두 가지 길 중 하나를
걸어갔습니다. 세 번째 길은 존재하지 않습니다.

「오해받는 작가」『책들의 세계』

42 우리 시대에, 혼이 담긴 인간의 가장 순수한 유형인
시인은, 기계의 세계와 지적인 활동의 세계 사이에서
흡사 진공의 공간으로 내몰려 질식하도록 판결받은
것 같다. 그도 그럴 것이 시인은 우리 시대가 광적으로
전쟁을 선포한, 인간의 힘과 욕구들의 대변자이자
옹호자이기 때문이다.

「시인의 고백」『책들의 세계』

43 진정으로 '시인'이라 불릴 수 있는 사람들의 일부는
지옥의 진공 속에서 말없이 파멸을 맞는다. 다른 일부는
고통을 감수하고 고통을 신봉하며 운명에 굴복한다.
그들은 다른 시대에 시인이 썼던 관(冠)이 오늘날
가시면류관이 되었다는 생각에 이르면 운명에 저항하지
않는다. 나는 이런 시인들을 사랑한다. 그들을 존경하고
사랑하며, 그들의 형제가 되려고 한다. 우리가 고통을
겪긴 하지만, 이는 항의하거나 모욕하기 위해서가
아니다. 우리는 우리를 둘러싸고 있는 기계의 세계와
야만적인 욕구의 숨 쉴 수 없는 공기 속에서 질식한다.
하지만 전체에서 풀려나지 못하고, 이런 질식과 고통을
세계의 운명에서 우리의 몫으로, 사명이자 시련으로

받아들인다.

우리는 이 시대의 어떤 이상도 신뢰하지 못한다. 장군의 이상도 볼셰비키의 이상도 교수의 이상도 공장주의 이상도 신뢰하지 못한다. 하지만 인간이 불멸의 존재이며, 인간의 온갖 왜곡된 형상이 다시 회복되고 온갖 지옥에서 정화되어 떠오를 수 있다고 생각한다. 우리는 우리 시대를 설명하고 낫게 하거나 혹은 가르치려 하지 않고, 우리 자신의 꿈과 고통을 드러내면서 그 시대에 영상의 세계, 영혼의 세계를 자꾸만 열어주려고 한다. 이러한 꿈은 부분적으로 고약한 악몽이고, 이러한 영상은 부분적으로 소름 끼치는 도깨비의 모습이다. 그것을 미화해서는 안 되고, 아무것도 거짓으로 속여서는 안 된다. 그러니까 시민들의 재미있는 '시인'들은 충분히 그 일을 해내고 있다. 우리는 인류의 영혼이 위험에 처해 있고 나락에 가까이 있음을 숨기지 않는다. 반면에 인류의 불멸성을 신뢰한다는 사실도 숨기지 않는다.

「시인의 고백」『책들의 세계』

44 시인은 빛도 횃불 드는 자도 아닙니다. 시인은 기껏해야 독자에게 빛을 통과시켜주는 창문일 뿐입니다. 그의 공로는 영웅 정신, 고상한 의욕이나 이상적인 계획과는 조금도 관련이 없습니다. 그의 공로는 단지 그가 창문이라는 점, 빛을 방해하거나 차단하지 않는다는

점에 있을 뿐입니다. 시인이 매우 고귀한 사람이나
인류의 은인이 되려는 열렬한 소망을 품고 있다면
바로 이 소망이 그를 망쳐버리거나 빛의 통과를
막을 가능성이 많습니다. 그를 움직이고 이끄는 것은
거만함이나 겸손해지려는 힘든 노력이 아니라 오로지
빛에 대한 사랑, 현실에 열려 있는 자세, 참된 것을
통과시키는 능력입니다.

「일본의 어느 젊은 동료에게 보내는 편지」『책들의 세계』

45 시인은 빛의 존재를 믿어야 하고, 명백한 경험을 통해
빛에 대해 알아야 하며, 빛을 향해 자주, 되도록 활짝
창문을 열고 있어야 합니다. 하지만 스스로를 빛의
전달자나 혹은 빛으로 간주해서는 안 됩니다. 그렇게
되면 조그만 창문은 닫히게 됩니다. 그리고 우리에게
결코 의지하지 않는 빛은 다른 길을 갈 겁니다.

「일본의 어느 젊은 동료에게 보내는 편지」『책들의 세계』

46 문학은 마술적인 공간을 창조한다. 그 속에서 보통은
합일될 수 없는 것이 하나가 되고, 보통은 불가능한
것이 실현된다. 이처럼 상상적이거나 초현실적인 공간에
문학, 신화, 동화의 시간이 상응한다. 또 이러한 시간은
역사적인 시간이나 달력의 시간과는 모순되고, 모든
민족에게 내려오는 전설과 작가들이 쓴 동화의 시간과
일치한다. 이리하여 지상에서는 진정한 마술이 줄었을지

모르지만, 예술에서는 오늘날에도 계속 살아 있다.

『게으름의 기술』

47 진주 목걸이가 돼지에게 어울리지 않듯이 위대한
작가들의 작품은 '다중多衆'에게 어울리지 않는다는
이야기가 있다. 하지만 그것은 쓸데없는 말에 불과하다.
좋은 문학이 순진한 사람에게 혹시라도 위험한 영향을
끼칠 가능성은, 누구나 쉽게 손에 쥐는 신문이나 성서가
주는 위험성의 절반밖에 되지 않는다.

「값싼 책들」『책들의 세계』

48 내 책상 위에는 니체의 책 몇 권이 놓여 있었다. 나는
니체와 함께 살았고, 그의 영혼의 고독을 느꼈으며,
끊임없이 그를 몰아붙인 운명을 감지했다. 나는 그와
함께 괴로워했으며, 그토록 엄격하게 자신의 길을 간
사람이 존재했다는 사실에 무척 행복했다.

『데미안』전집 5권

IV

삶의 지혜와 감정들

우리 마음속에 늘 깃들어 우리 곁을 떠나지 않는

그런 평화란 존재하지 않는 걸세.

이 세상에 존재하는 유일한 평화는

잠시도 마음을 늦추지 않고

끊임없이 싸워서 얻는 평화,

나날이 새롭게 쟁취해야만 하는 그런 평화뿐일세.

삶의 지혜와 감정들

1   바람에 나부끼며
조그만 푸른 나비 날갯짓을 하네,
진주조개 빛깔의 소낙비가
반짝이고 번쩍이며 지나가네.
이처럼 순간의 번쩍거림으로
이처럼 지나가는 바람 속에
나에게 눈짓하고, 번쩍이고, 반짝거리며
행복이 지나가는 것을 보았네.

「푸른 나비」『시집』

2   머리 위의 비를 막기 위한 지붕, 추위를 막기 위한
소박한 천장, 배고픔을 해결하기 위한 약간의 빵과
포도주나 우유, 잠을 깨우기 위한 아침의 햇빛, 잠들기
위한 저녁의 석양─이것 말고 인간에게 더 이상 무엇이
필요하단 말인가?

「클라인과 바그너」『클링조어의 마지막 여름』 전집 5권

3   우리는 부지런히 일해서 돈을 벌 수 있고, 그럼으로써
행복하고 즐거울 수 있다. 우리가 샘을 발로
짓밟아버리지 않는다면, 우리 주위에는 아무도 목말라
죽게 하지 않는 신선한 샘이 있다. 샘은 돈이 들지
않는다는 장점이 있는데, 바로 그 때문에 소홀히
취급되고 있다.

「크리스마스」『작은 기쁨들』

4 우리가 처음 교육받은 이래로 오늘날 우리의 삶에서
이러한 허영이 해롭고 불리한 영향을 끼친다는 것은
슬프지만, 필연적이라고 생각한다. 그러나 유감스럽게도
현대 생활의 이러한 조급함은 진작부터 우리의 얼마
안 되는 여유마저 앗아가버렸다. 일상생활을 즐기는
것은 업무를 수행하는 것 못지않게 우리를 신경 쓰이고
지치게 한다. 우리의 구호는 "되도록 많이, 되도록
빨리"다. 그 결과 사람들은 점점 더 유흥에 빠지고 점점
더 적은 기쁨을 얻게 된다.

「작은 기쁨들」『작은 기쁨들』

5 '작은 기쁨'을 누리는 능력은 분수를 지키는 습관과
밀접하게 결부되어 있다. 누구나 타고난 이러한 능력은
현대의 일상생활에서 위축되고 사라져버린 것들, 다시
말해 어느 정도의 명랑함과 사랑, 시문학을 전제로
한다. 그중에서도 가난한 자에게 선사된 소소한 기쁨은
너무나 보잘것없다. 또 이 기쁨은 일상생활 속에 너무나
다양하게 흩어져 있어서 일밖에 모르는 무수한 사람들은
감각이 둔해 좀체 그런 기쁨을 맛보지 못한다. 소소한
기쁨은 눈에 띄지 않고, 칭찬받지 않으며, 돈이 들지
않는다(그러나 가난한 자들은 가장 커다란 기쁨을 누리는 데
돈이 들지 않음을 알지 못한다)!

「작은 기쁨들」『작은 기쁨들』

6 날마다 작은 기쁨을 될 수 있는 한 많이 체험하고,
한편으로는 힘을 요구하는 좀 더 커다란 즐거움을
절약해서 공휴일이나 좋은 시간에 나누어주기, 그것이
바로 시간 부족과 불만에 시달리는 모든 이에게 내가
충고하고 싶은 내용이다. 무엇보다 피로를 풀고 매일
구원을 얻으며 부담을 줄이도록, 우리에게는 소소한
기쁨들이 주어져 있다.

「작은 기쁨들」『작은 기쁨들』

7 여러분은 크리스마스, 사랑의 축제에 관해 알지
못하는가? 기쁨의 축제는? 여러분은 사랑이나 기쁨을
고귀한 힘으로 인정하지 않던가? 여러분은 그런 고귀한
힘을 위해 특별하고 신성하며 국가의 보호를 받는
축제일을 축하하는 것이다. 하지만 우리에게 사랑이나
기쁨은 어떤 상태로 있는가? 여러분은 며칠 동안 또는
기껏해야 일 년에 몇 주 동안 기쁨을 얻기 위해 고상하지
않고 우리의 기를 꺾는, 즐겁지 않은 일을 하느라 인생의
사분의 삼을 먼지 속에서 땀 흘리며 보낸다. 삶에 지치고
빛과 기쁨에 대한 허기에 사로잡히면 여러분의 대다수는
그것을 내면으로 불러올 수 없고 그 허기를 극장 또는
싸구려 카바레나 술집에서 채워야만 한다.

「크리스마스」『작은 기쁨들』

8 우리 시대 평범한 사람의 삶에서 남들처럼 몇 가지 큰

명절을 축하하는 일은 이상적인 것을 인정하는 유일한
행위다. 그는 머리를 설레설레 흔들거나 삶의 무상함,
금방 지나가버리는 시간에 대해 감상적인 탄식을
하며 신년을 축하한다. 봄이 되어 새로워지는 세상을
향한 축제로서 부활절과 성령강림절을 축하하고,
무덤에 찾아가 만령절을 축하한다. 그리고 하루나 며칠
휴식을 취하고 아내에게 새 옷을 사주고 아이들에게
장난감을 몇 개 선물함으로써 크리스마스를 축하한다.
어떤 사람들은 아이들의 환호성에서 일시적인 기쁨을
얻기도 한다. 그는 자신의 어린 시절을 반쯤은 슬프게
추억하며 반짝이는 크리스마스트리를 바라본다. 그리고
선물을 받고 기뻐하는 아이들을 바라보며 이런 생각을
한다. 그래, 그냥 기뻐하고 즐기렴. 얼마 안 가 삶은
너희들에게서 기쁨과 순진함을 앗아갈 것이다.

「크리스마스」 『작은 기쁨들』

9 산책, 약간의 가정음악, 약간의 독서(최상의 책도 얼마
안 되는 돈으로 가질 수 있다), 그것은 누구나 누릴 수
있는 즐거움이다. 아이들이 재잘거리며 놀고 있을 때
조용히 들어주기, 지나가는 사람들의 얼굴을 주의 깊게
들여다보기, 창가의 몇 송이 꽃도 마찬가지다. 요컨대,
우리가 약간의 사랑과 관심을 보내는 모든 하찮은
것은 기쁨과 삶의 의욕으로 우리에게 보답한다. 그러나
우리 중 대다수는 돈에 온갖 사랑과 관심을 바치는데,

돈은 환멸과 빨리 늙는 것으로 보답할 뿐이다. 아무리
작더라도 사심 없는 모든 헌신, 모든 관심, 모든 사랑이
우리를 풍요롭게 만든다는 것은 시대를 막론하고 삶의
지혜의 특이하지만 간단한 비밀이다.

「크리스마스」『작은 기쁨들』

10 소유물과 권력을 얻기 위한 온갖 노력은 우리의 힘을
빼앗고 우리를 더욱 빈곤하게 만든다. 인도인은 그런
사실을 알고 가르쳤다. 그런 뒤 현명한 그리스인이,
그다음엔 지금 우리가 그의 태어난 날을 축하해주는
예수가 그렇게 했다. 그 이후로도 수천 명의 현자와 오랜
세월을 견뎌낸 작품을 남긴 시인들이 그런 사실을 알고
가르쳤다.

「크리스마스」『작은 기쁨들』

11 세계사는 지배자와 지도자, 권력자, 명령을 내리는
자들의 끝없는 대열로 이루어져 있다. 그들은 처음에는
거의 예외 없이 아름답게 시작하나 추하게 끝을 맺는다.
그들 모두, 적어도 겉보기에는 선한 동기로 권력을
추구하지만, 나중에는 권력에 사로잡혀 맹목적으로
변하고 자기 자신을 위해 권력을 사랑하게 된다.

『유리알 유희』전집 9권

12 직책이 높아진다는 것은 자유를 향해 한 걸음 다가서는

것이 아니라 속박으로 한 걸음 다가서는 것이다.
직책이 높아질수록 속박은 더욱더 심해진다. 직권이
커질수록 직무는 점점 더 엄격해진다. 개성이 강할수록
자유의지는 더욱 엄격하게 금지된다.

『유리알 유희』 전집 9권

13 헌신의 행복, 무욕의 행복, 기꺼이 도와주고서 얻는
행복은 값진 것이다! 다른 어떤 길도 삶의 통일성과
신성함을 그토록 빠르고 확실히 알려주진 않는다!
어떤 길도 삶의 지혜를 터득하도록, 기꺼이 이기심을
극복하도록 해주지 않는다. 그것도 개성을 포기하는
것이 아니라 이를 고도로 발전시킴으로써 말이다.

『양심의 정치학』

14 내가 행복이라 부르는 것은 저 건너편으로 마음이
기울어지는 일, 저 멀리 푸른 저녁 하늘을 바라보는 일,
가까운 서늘한 곳을 몇 시간 동안 잊는 일이다. 내가 젊은
시절 생각했던 것과는 다른 행복이다. 무언가 조용하고
고독한 것으로, 아름답긴 하지만 즐겁지는 않다.
나는 은둔자의 잔잔한 행복을 맛봄으로써, 모든
사물에서 머나먼 곳의 부드러움을 그대로 내버려두는
지혜, 어느 것도 일상적인 가까움의 서늘하고 잔인한 빛
속으로 밀어 넣지 않는 지혜, 또 모든 것을 마치 금칠이
되어 있다는 듯이 너무나 가볍고 조용하며, 아끼고

존중할 만한 것처럼 대하는 지혜를 배웠다.

「머나먼 푸른 하늘」『관찰』전집 10권

15 행복한 자, 은총을 받은 자일지라도 고차원적인 신성한
순간을 체험하기란 얼마나 어려운 일인가! 지치고
늦된 인간인 우리 마음속에서 어떤 기쁨이 빛을 발하는
경우란 얼마나 드문 일인가! 또 어린 시절 체험한
행복과 비교할 수 있을 만큼 강력하고 대단하게 넘치는
행복감이 마음속에서 빛을 발하기란 얼마나 희귀한
일인가!

『요양객』전집 7권

16 허나 내 삶은 중심이 없고, 수많은 극단들 사이를 부단히
떠다닌다. 여기 고향에 있고 싶은 동경, 저기 길 떠나고
싶은 동경. 여기 고독과 수도원에 대한 갈망, 저기 사랑과
공동체에 대한 욕망! 나는 책과 그림들을 수집했다가
다시 내버렸다. 사치와 악습에 물들었다가 그것을
버리고 금욕과 고행의 길을 갔다. 나는 믿음을 갖고
삶을 실체로서 숭배했다가 그것을 단지 기능으로서만
인식하고 사랑할 수 있게 되었다.

『방랑』전집 6권

17 감정과 감상을 버리거나 미워하지 않고 스스로에게
이렇게 묻는다는 점에서도 나는 현대적인 사람이

아니다. 감정으로 살아가지 않는다면 우리는 대체
무엇으로 살아가고, 어디서 삶을 느낀단 말인가? 내가
아무것도 느끼지 못하고, 내 영혼이 감동받지 못한다면
가득 찬 돈 자루, 많이 저축된 은행 계좌, 잘 다려진
바지 주름, 아름다운 소녀가 우리에게 무슨 소용이
있을까? 그렇다, 나는 다른 사람들의 감상은 미워할
수 있다 하더라도 나 자신의 감상은 사랑하고, 오히려
그것의 비위를 맞추고 있다. 감정, 섬세함, 동요하는
영혼의 가벼운 흥분, 그러니까 이것이 나의 지참금이다.
이것으로 나의 삶에 대항해야 한다. 내가 나의 근력을
믿고 레슬링선수나 복싱선수가 되었더라면, 근력을
부차적인 것으로 간주하라고 나에게 요구하는 사람이
없었을 것이다. 내가 암산 실력이 좋아서 큰 회사의
대표가 된다면, 아무도 그것을 열등감의 소산이라고
업신여기지 않을 것이다.

『뉘른베르크 여행』 전집 7권

18 행복한 자들의 온갖 행복, 운동선수들의 온갖 기록과
건강, 자본가의 온갖 돈, 복싱선수의 유명함이 내게
아무런 의미가 없으리란 것을 알고 있었다. 그런 것을
얻는 대가로 최소한의 고집과 열정이라도 내보여야
한다면 말이다. 또한 나는 나의 '낭만적인' 노력의
가치를 위해 온갖 역사적이고 사상적인 근거를 제시하지
않고, 모든 분별력, 모든 도덕, 모든 지혜가 반대의 말을

할지라도 유희를 계속해서, 나의 인물을 형상화하리란
것도 알고 있었다.

나는 이런 확신을 품고 마치 거인처럼 의연히 잠자리에
들었다.

「글 쓰는 밤」『책들의 세계』

19 픽토르는 나무 한 그루가 되었다. 그는 땅속에 뿌리를
내렸고, 하늘 높이 기지개를 켰다. 잎들이 돋아나고,
사지에서 가지들이 뻗었다. 그는 매우 만족했다. (…)
나무가 된 픽토르는 행복했고, 세월이 얼마나 흘렀는지
헤아리지 않았다. 아주 오랜 세월이 흘러서야 자신의
행복이 완전하지 못함을 깨달았다. 서서히 그는 나무의
눈으로 사물을 보는 법을 배웠다. 마침내 그는 보게
되었고, 슬퍼졌다.

다시 말해 그는 자기 주위 낙원의 모든 존재가 자주
변신한다는 것을 깨달았다. 그러니까 모든 것이 영원한
변신이라는 마법의 강물 속에 흐르고 있음을 깨달은
것이다.

「픽토르의 변신」『동화집』

20 나는 삶의 의미심장함과 무의미함에는 책임이 없다고
생각합니다. 하지만 나의 일회적인 삶으로 내가 무엇을
시작할 것인지에 대해서는 책임이 있다고 생각합니다.

『편지 선집』

21 누군가가 어떤 믿음을 갖고 있느냐가 아니라 그가
   믿음을 지니고 있다는 사실이 가장 중요하다고
   생각한다.

   『문학 노트』 전집 12권

22 그의 행위와 삶이 그의 말보다 더 가치 있고, 그의 손의
   움직임이 그의 의견보다 더 가치 있다고 생각하네.
   나는 말이나 사상에서 그의 위대함을 보지 않고 오로지
   행위와 삶에서 볼 뿐이네.

   『나르치스와 골드문트』 전집 8권

23 그러다가 1914년이 되었다. 내적으로나 외적으로나
   상황이 완전히 변한 듯 보였다. 우리의 행복이 지금까지
   불안정한 토대 위에 있었다는 사실이 드러났다. 이제
   어려운 상황, 즉 위대한 교육이 시작되었다. 이른바
   위대한 시기가 밝아오기 시작했다. 나는 그 시기가 나를
   다른 모든 사람보다 더 단련시키고 더 가치 있으며 더
   낫게 만들었는지는 말할 수 없다. 그 당시 내가 다른
   사람들과 구별되었던 것은 그토록 많은 사람들이
   받았던 커다란 위안, 다시 말해 감격이 결여되었다는
   점뿐이었다. 그로 인해 나는 다시 나 자신에게 돌아왔고,
   주변 세계와 갈등을 빚었다. 나는 또 한 번 학교에
   다니는 셈이 되었고, 또 한 번 나와 세계에 대한 만족을
   잊어버렸다. 그리고 이러한 체험을 하면서 비로소

통과의례라는 문지방을 지나 삶 속으로 들어갔다.

「요약한 이력서」 『꿈길』 전집 6권

24 한동안 행복했다. 세상에는 달라졌으면 하는 것이 많았다.
학교도 그런 점에서는 마찬가지였다. 그렇지만 나는
행복했다. 인간이란 단순히 즐기기 위해 지상에서 삶을
영위하지는 않는다는 사실, 진정한 행복이란 시련을 겪고
입증된 사람에게 비로소 주어진다는 사실이 어디서나
확인되고 주입되었다. 때로 너무나 아름답고 감동적으로
생각했던 수많은 격언과 시에도 그런 사실이 적혀 있었다.

「마법사의 유년 시절」 『동화집』

25 그런 뒤 가끔 나는 꿈을 꾸는 일은 자기기만으로서
무시해야 한다는 생각이 들기도 했다. 하지만 실은
그와 반대였다. 꿈을 꾸는 일은 소중한 것이었다. 꿈을
무시하고 배척하는 건 터무니없는 짓이자 해로운
일이었다. 나는 벌써 몇 번이나 이런 깨달음을 얻었고,
그런 깨달음이 붙잡힌 새처럼 내 손 안에서 파닥이는
것을 느꼈다. 그리고 다시 그 깨달음을 잃어버리고
애처로운, 보잘것없는 상태로 남게 되었다. 이제 나는
새로운 깨달음 또는 경험을 손에 쥐고 있다.

「마르틴의 일기에서」 『게으름의 기술』

26 누군가가 무언가를 찾을 때 그의 눈은 자신이 찾는

사물만을 보게 되어, 아무것도 발견할 수 없고, 어떤
것에도 마음속으로 관여할 수 없게 된다. 그런 일이 쉽게
일어난다. 그는 항상 찾는 것만 생각하고, 하나의 목표가
있으며, 목표에 사로잡혀 있기 때문이다. 찾는다는 것은
목표가 있다는 말이다. 하지만 발견한다는 것은 자유가
있으며, 마음을 열어놓으며, 목표가 없다는 말이다.

『싯다르타』 전집 5권

27 교회는 "너희에게 신앙이 부족해!"라고 외치고,
(페르디난트) 아베나리우스*는 "너희에게 예술이
부족해!"라고 소리친다. 나로선 누가 뭐라고 하든
상관하지 않는다. 나는 우리에게 기쁨이 부족하다는
생각이다. 고양된 삶의 활기, 삶을 즐거운 것이자
축제로 보는 견해, 이 때문에 기본적으로 르네상스가
우리에게 너무나 눈부시도록 매력적으로 보이는 것이다.
분 단위의 시간에 대한 높은 평가, 우리의 생활양식을
지배하는 가장 중요한 요소인 서두름은 의심의 여지
없이 기쁨의 가장 위험한 적이다. 우리는 지나간 시대의
목가와 감상적인 여행에 대해 동경의 미소를 짓는다.

「작은 기쁨들」 『작은 기쁨들』

---

* 페르디난트 아베나리우스Ferdinand Avenarius, 1856~1923는 당대의 문화 개혁운동을 이
끈 독일의 서정시인 겸 예술사가다.

28 그러므로 세상의 불행과 나 자신의 불행은 사랑이
방해받을 때 생겨난다. 이렇게 보니 "너희가
어린아이처럼 되지 아니하면 결단코 천국에 들어가지
못하리라"* 또는 "하느님의 나라는 너희 안에
있느니라"***라는 신약성서의 구절이 갑자기 진실하고
심오하게 느껴진다.
이것이 세상의 유일한 가르침이다. 예수가 그렇게
말했고, 부처가 그렇게 말했으며, 헤겔이 그렇게 말했다.

「마르틴의 일기에서」『게으름의 기술』

29 어린이다운 천성을 지닌 자는 환상적인 세계에서
놀이하듯 좋은 기분을 느끼고, 극심한 절망에 빠진 자는
소박한 행복을 느낄 줄도 차분히 체념할 줄도 모르기에
언제나 새로운 영역을 쉼 없이 내달린다.

「기이한 소설들」『책들의 세계』

30 절망이란 인간의 삶을 이해하고 그 정당성을 인정하려는
모든 진지한 시도의 결과지요. 삶을 덕과 정의, 이성으로
극복하고, 그 요구들을 실현하려는 모든 진지한
시도의 결과이기도 하고요. 이러한 절망의 이편에는

---

* 마태복음 18장 3절.

** 누가복음 17장 21절.

어린아이들이, 저편에는 각성한 자들이 살고 있지요.

『동방순례』 전집 8권

31 이런 사람들은 쾌감에 대한 느낌보다 고통에 대한
느낌에 더 민감한 재능을 타고났다. 숨 쉬고 자고 먹고
소화하는 일, 가장 단순한 온갖 동물적인 일은 이런
사람들에겐 즐겁다기보다 오히려 힘들고 고통스럽다.
그렇지만 이들은 의지에 따라 삶을 긍정하고 고통을
좋게 생각해서, 용기를 잃지 않으려는 본능을 내면에서
느낀다. 그러므로 이런 사람들은 약간이라도 기쁘고
명랑하게 해주며 약간이라도 행복하고 따스하게 해주는
모든 것에 유난히 집착한다. 그리고 평범하고 건강하며
일에 유능한 사람들은 무가치하게 생각하는 그 모든
멋진 일에 가치를 부여한다.

『뉘른베르크 여행』 전집 7권

32 인간이 절망으로 인해 죽는다면 그건 유감스러운
일이지. 그러나 하느님이 우리에게 절망을 보내신 것은
우리를 죽이기 위해서가 아니라 우리 안에 새로운
삶을 일깨우기 위해서야. 요제푸스, 하느님이 죽음을
보내신다면, 대지와 육체로부터 우리를 자유롭게 하고
우리를 내세로 보내신다면, 그것이야말로 큰 기쁨이지.

『유리알 유희』 전집 9권

33 밤은 공동생활에 깃든 우리의 습관적인 감정을 소원하게
만든다. 전등이 꺼지고 더 이상 사람 목소리가 들리지
않게 되면 아직 잠 못 이루고 깨어 있는 사람은 고독을
느끼며, 외부와 단절된 자신이 의지할 곳은 자신밖에
없다고 여기게 된다. 그럴 때면 홀로 존재하고 홀로
살고 있다는 감정에 사로잡히며, 어떤 생각을 하든
고통과 두려움이나 죽음을 홀로 맛보고 견뎌야 한다는,
섬뜩하기 이를 데 없는 인간으로서의 감정이 잔잔하게
울린다.

「청춘은 아름다워」『이편에서』전집 2권

34 외지에 사는 사람에게는 고향과 어린 시절의 집과
정원이 눈앞에 아른거린다. 그가 가장 자유로웠고 가장
잊을 수 없는 소년 시절을 보냈던 숲, 그 시절 시끄럽게
뛰어다니며 놀았던 방과 계단. 시선에 사랑과 걱정,
은근한 비난을 담은, 낯설고 엄숙하며 노쇠한 부모님의
얼굴. 그는 손을 쭉 뻗고 맞잡을 오른손을 찾아보지만
헛수고다. 큰 슬픔과 고독이 밀려온다. 그러는 중에
다른 형상들이 나타난다. 이러한 순간의 어쩔 줄 모르고
심각한 기분에 빠진 우리 모두를 슬프게 만든다. 젊은
시절 가장 가까운 사람을 힘들게 하지 않고, 사랑을
물리치지 않으며, 호의를 무시하지 않은 사람이 누가
있겠는가? 한때 자신에게 준비된 행복을 반항심과
불손함으로 놓쳐버리지 않은 사람이 누가 있겠는가?

타인이나 자신에 대한 외경심을 언젠가 훼손하지 않은
사람이 누가 있겠는가? 또는 어리석은 말이나 지키지
않은 약속, 불쾌하고 고통을 주는 행동으로 친구들에게
죄를 짓지 않은 사람이 누가 있겠는가?

「잠 못 이루는 밤」『게으름의 기술』

35 나는 어떤 경우에도 폭력을 행사해선 안 된다고
생각합니다. 비록 '선'을 행하기 위해서라도 말입니다.

『편지 모음』1권

36 나에겐 더 이상 조국도 이상도 존재하지 않아. 그런
것들은 다음번 살육을 준비하는 자들을 위한 장식품에
지나지 않아.

『황야의 늑대』전집 7권

37 "우리가 사는 세상이 대체 왜 이 모양인가? 이게
지옥이 아니고 뭐란 말인가? 화나고 혐오스러운 세상이
아닌가?"
"하긴 그래. 이 세상은 그럴 수밖에 없어."

『나르치스와 골드문트』전집 8권

38 꽃이 다 시들고
청춘이 나이에 굴복하듯
지혜와 덕, 인생의 모든 단계도

제철에 꽃피울 뿐 영원하지 않네.

삶의 부름을 받을 때마다

마음은 슬퍼지지 않고 용감하게

새로 다른 인연으로 나아가도록

이별과 새 출발을 각오해야지.

또 모든 시작에는 신기한 힘이 깃들어 있어

우리를 지켜주고 살아가게 도와주지.

「단계」 『유리알 유희』 전집 9권

39 신이 우리를 고독하게 만들었기에 우리가 스스로에게 갈
    수 있는 길은 많이 있다. 신은 나와 함께 그 길을 갔다.
    (…) 나는 고독하게 살 운명이었다. 그리고 나와 유년
    시절 사이에는 낙원의 잠긴 문이 가로막고 있었는데,
    그곳에는 문지기가 눈을 무섭게 번득이며 지키고
    있었다. 나 자신에 대한 향수의 시작이자 깨어남이었다.

    『데미안』 전집 5권

40 세상이 온통 죽음과 공포로 가득 차 있으니 나는 늘
    마음을 달래려고 이 지옥의 한가운데에 핀 아름다운
    꽃을 꺾었던 거야. 쾌락을 찾으면 잠시 공포를 잊을
    수 있었어. 그런다고 공포가 줄어드는 것은 아니지만
    말이야.

    『나르치스와 골드문트』 전집 8권

41 골드문트, 나를 부러워할 필요 없네. 자네가 생각하는
그런 평화란 존재하지 않아. 물론 평화가 있긴 하지만,
우리 마음속에 늘 깃들어 우리 곁을 떠나지 않는
그런 평화란 존재하지 않는 걸세. 이 세상에 존재하는
유일한 평화는 잠시도 마음을 늦추지 않고 끊임없이
싸워서 얻는 평화, 나날이 새롭게 쟁취해야만 하는 그런
평화뿐일세.

『나르치스와 골드문트』 전집 8권

42 골드문트, 난 자네한테 많은 것을 배우면서 예술이
무엇인지 확실히 이해하기 시작했어. 전에는 예술이
사상이나 학문에 비하면 진지하지 못한 영역이라고
생각했거든. 인간은 정신과 물질로 이루어진 불안정한
혼합물이며, 정신은 인간에게 영원한 것을 인식하게
해주지. 반면에 물질은 인간을 끌어내려 무상한 것에
속박한다고 생각했지. 따라서 삶을 숭고하고 의미
있게 만들려면 감각적인 것에서 벗어나 정신적인
것을 향해 나아가야 한다고 생각했네. 내가 예술을
존중한다고 했으나 그것은 의례적인 말이었을 뿐, 내심
오만한 마음으로 예술을 경시하고 있었다네. 지금에야
인식에 이르는 길이 얼마나 다양한지 깨달은 것 같아.
또한 정신의 길만이 유일한 최상의 길이 아닐지도
모른다는 사실을 분명히 알게 됐네. 물론 나는 정신의
길에 남게 될 거야. 하지만 자네는 그 반대의 길, 즉

감각의 길을 통해 대부분의 사상가들 못지않게 존재의
길을 깊이 파악하고 있다고 생각하네. 아니, 오히려 훨씬
더 생생하게 표현해내고 있다고 생각하네.

『나르치스와 골드문트』 전집 8권

43 골드문트는 생각한다. '예술 창작을 하면서도 인생을
그 대가로 치르지 않아야 해! 삶을 즐기면서도 숭고한
창조 정신을 포기하지 않아야 해! 그게 대체 불가능한
것일까?'

『나르치스와 골드문트』 전집 8권

44 요즘 세상은 시인에게 이런저런 요구를 한다. 영혼의
흥분, 사랑에 빠지는 능력, 사랑하고 불태우며 헌신하는
능력, 들은 적이 없는 감정의 세계에서 체험하는 능력을
미워하고 부끄러워하라고 요구한다. '감상적'이라고
불릴 수 있는 모든 것을 거부하라고 요구한다. 요즘 젊은
시인들은 그런 요구를 받아들이기도 한다.
그들은 그렇다 치더라도, 나는 그렇게 하지 않으련다.
나에게는 내 감정이 세상의 예리함보다도 수천 배
더 사랑스럽다. 그리고 이러한 감정들만이 전쟁 중에
군대식 감상에 빠져들지 않도록 나를 지켜준다.

『뉘른베르크 여행』 전집 7권

45 우리 목표는 상대방의 세계로 넘어가는 것이 아니라

서로를 인식하는 거야. 상대방을 있는 그대로 지켜보고
존중해야 한단 말이지. 그렇게 해서 서로가 대립할 때도
상호 보완적인 관계를 성립하는 것이지.

『나르치스와 골드문트』전집 8권

46 세월은 흐르고 지혜는 남는다. 지혜는, 형식은 바뀌어도
어느 시대에나 인간을 자연과 우주적인 리듬에
편입시키는 같은 토대를 근거로 한다. 불안한 시대가
종종 인간을 이러한 질서로부터 해방하려 하지만 이러한
거짓 해방은 언제나 우리를 노예 상태로 이끌어간다.
오늘날의 해방된 인간이 돈과 기계의 소신 없는
노예이듯이 말이다.

『문학 노트』전집 12권

47 지식은 전달할 수 있지만, 지혜는 전달할 수 없는
법이지. 우리는 지혜를 찾아낼 수 있고, 그것을 체험할
수 있네. 그것을 지닐 수도 있고, 그것으로 기적을 행할
수도 있네. 그러나 지혜를 말해서 다른 사람들에게
가르칠 수는 없다네.

『싯다르타』전집 5권

48 어떤 명제를 예리하고 엄격하게 공식화하면 할수록
그것은 그만큼 더욱 필연적으로 반대 명제를 부르기
마련이다.

『유리알 유희』 전집 9권

49 자넨 유머를 배워야겠어. 자네에게 필요한 것은 바로
그것이야. 인생의 유머, 삶이라는 절망적인 상황에서의
억지 유머를 이해할 수 있어야 하네.

『황야의 늑대』 전집 7권

50 현명한 사람도 어리석음에 맞서기 위해서는 유머 말고는
다른 무기가 없습니다.

「1950년 7월의 미공개 편지」

51 오늘의 어리석은 짓은 금세 잊히고, 훌륭한 행위와
업적은 남습니다.

「1915년 12월 8일의 미공개 편지」

52 나이 들면서 인간으로서의 품위를 유지하고 나이에
걸맞은 태도와 지혜를 갖는다는 것은 어려운
기술입니다. 대체로 영혼은 육체보다 앞서거나 뒤처지기
일쑤입니다. 그리고 이러한 차이를 없애려는 이유는
내적인 감정의 충격 탓이고, 인생의 전환점에서 우리를
덮치는 삶의 근원에 대한 두려움 탓입니다. 그렇지만
사람들은 어쩌면 스스로 작거나 약한 존재라고 느껴도
괜찮다고 생각하는 듯합니다. 아이들이 어려운 일을
겪은 뒤 실컷 울고 나서 어느새 균형을 되찾듯이

말입니다.

『편지 선집』

53 그는 소망대로 교수이자 연구자가 되었다. 이제 어린
시절은 끝난 것처럼 보였다. 갑자기 많은 세월이
미끄러지듯 흘러가버린 것처럼 느껴졌다. 그는 언제나
얻으려고 노력하던 이 세상의 한가운데에 이상하게도
홀로, 만족을 느끼지 못한 채 서 있었다. 교수가 되긴
했어도 진정으로 행복하지는 않았다. 시민과 학생들이
허리 굽혀 인사해도 완전히 기쁘지는 않았다. 모든 것이
시들해지고 먼지가 쌓인 것 같았다. 행복은 다시 먼
미래의 일로 넘어갔고, 그곳으로 가는 길은 덥고 먼지에
덮여 있으며, 평범해 보였다.

「아이리스」『동화집』

54 내일 무슨 일이 일어날지 모르는 불안감 때문에 우리는
오늘과 현재를 잊어버리고, 그럼으로써 현실을 잊게
됩니다. 오늘과 낮, 시간과 모든 순간에 자신의 권리를
부여하십시오.

「1930년대의 미공개 편지」

55 오늘날의 고난과 요구에 직면해 우리가 어느 정도나마
인간적 품위를 유지한다면 미래에도 우리는 인간적일 수
있을 것이다.

『양심의 정치학』

56 지혜로운 난쟁이 필리포는 반짝이는 수면을 말없이
응시하며 자신의 인생에 대해 곰곰이 생각해보았다.
단조롭고 가련한 삶이었다. 멍청한 자들의 시중이나
드는 현자의 삶, 한 편의 희극 같은 공허한 삶이었다.
그때 심장의 고동이 불규칙해지고 이마에 땀이 송알송알
맺히는 것을 느끼자, 그는 쓰디쓴 웃음을 지었다.

「난쟁이」『동화』 전집 6권

57 모든 소망을 단념할 때,
목표도 욕구도 더는 알지 못할 때,
행복이라는 말을 더는 입에 올리지 않을 때에야 비로소,

더 이상 밀려오지 않지, 사건의 밀물이,
그런 다음에야 그대 영혼이 안식을 얻게 되지.

「행복」『시집』

V

사랑과 우정

"아, 사랑은 우리를 행복하게 해주기 위한 것이 아니에요.

사랑은 우리가 고통을 겪고 그것을 견디면서도

얼마나 굳건할 수 있는지 우리에게 보여주기 위한 것 같아요."

사랑과 우정

1 뭔가를 사랑할 수 있다는 것—그게 구원이 아니던가!

「클라인과 바그너」『클링조어의 마지막 여름』 전집 5권

2 우리 각자는 일상 속에서 어떠한 관계, 우정, 감정도
우리에게 충실하지 않으며 신뢰할 만하지 않다는 해묵은
경험을 한다. 우리는 그러한 감정에 우리 자신의 피를
바치지 않았고, 사랑과 체험, 희생과 투쟁을 바치지 않은
것이다. 누구나 사랑에 빠지기란 얼마나 쉬운지, 그리고
정말로 사랑하기란 얼마나 어렵고 아름다운지 알고 또
체험하고 있다. 사랑은 모든 실재적인 가치와 마찬가지로
구매할 수 있는 성질의 것이 아니다. 즐거움은 구매할 수
있지만, 사랑은 구매할 수 없다.

「내면의 풍요로움」『작은 기쁨들』

3 사랑은 부탁할 수도 요청할 수도 없다. 사랑은 자신의
내부에서 확신에 이르는 힘을 갖고 있다. 사랑은 더는
이끌리는 게 아니라 이끄는 것이다.

『데미안』 전집 5권

4 환상과 감정 이입 능력은 다름 아닌 사랑의 형태를
띱니다.

『편지 모음』 4권

5 사랑은 놀라운 작용을 하며, 예술에서도 그러하다.

사랑은 온갖 교양과 지성, 비판이 하지 못하는 일을
해낸다. 사랑은 가장 멀리 있는 것을 연결해주고, 가장
낡은 것과 가장 새로운 것을 나란히 세운다. 사랑은 모든
것을 그를 중심으로 연결함으로써 시간을 극복한다.
사랑만이 확실하고 사랑만이 옳은 까닭은 사랑이 그
스스로 옳다고 주장하지 않기 때문이다.
사랑 앞에는 아무것도 신성하지 않다―사랑이 어떤
것을 사랑하기 전에는. 사랑이 어떤 것을 사랑하기
전에는 사랑 앞에 미심쩍은 것도 없다. 낡고 시시한
책이든 요란하게 선전하는 팸플릿이든 정신의 숨결이
느껴지기만 한다면 사랑 앞에서는 다 마찬가지다.

「'문학에서의 표현주의'에 대하여」『책들의 세계』

6 우리의 모든 예술은 하나의 대체물일 뿐이다. 삶과
동물성, 사랑에 소홀했던 것에 열 배는 비싸게 대가를
치른, 힘겨운 대체물일 뿐이다. 하지만 실상은 그렇지
않다. 사람들이 정신적인 것을 감각적인 것의 부족에
대한 비상 대체물로만 간주한다면 이는 감각적인 것을
과대평가하는 셈이다. 감각적인 것은 정신보다 조금도
더 가치 있는 게 아니며, 그 반대도 마찬가지다. 그대가
여인을 껴안거나 시를 짓는 행위는 같은 것이다.

『클링조어의 마지막 여름』 전집 5권

7 세상의 모든 것을 모방하고 위조할 수 있지만 사랑만은

그럴 수 없다. 사랑은 훔칠 수도 모방할 수도 없다.
사랑은 자신을 온전히 내줄 줄 아는 마음속에만 있기
때문이다. 이것이 모든 예술의 원천이다.

『책 속의 세계』 2권

8   우리 같은 방랑자는 모두 그런 속성을 지니고 있다.
우리의 방랑벽과 나그네 생활 자체가 대부분 사랑이자
연애술이다. 여행의 낭만이란 절반은 다름 아닌 모험에
대한 기대다. 하지만 나머지 절반은 에로틱한 것을 다른
모습으로 변화시켜 해소하려는 무의식적 충동이다. 우리
같은 방랑자는 실현 불가능하기에 사랑의 소망을 가슴에
품고 다니는 데 익숙하다. 또 원래는 여인에게 향했던 그
사랑을 놀이하듯 마을과 산, 호수와 협곡, 길가의 아이들,
다리 밑의 거지, 목초지의 소, 새와 나비에게 나누어주는
데 익숙하다. 우리는 사랑을 대상으로부터 떼어낸다.
우리는 사랑 자체로 충분하다. 마치 우리가 방랑 중에
목적지를 찾지 않고 단지 방랑 자체의 즐거움과 길 위의
생활을 추구하듯이.

『방랑』 전집 6권

9   "이루어질 수 없는 사랑이 당신을 행복하게 하는지
아니면 비참하게 하는지 물어봐도 될까요? 아니면 그 둘
다인가요?"
"아, 사랑은 우리를 행복하게 해주기 위한 것이 아니에요.

사랑은 우리가 고통을 겪고 그것을 견디면서도 얼마나
굳건할 수 있는지 우리에게 보여주기 위한 것 같아요."

『페터 카멘친트』 전집 1권

10 사랑이란 고통 속에서도 스스로를 잃지 않고 이해하며
미소 지을 수 있음을 의미한다. 우리 자신과 우리의
운명에 대한 사랑, 우리에게 불가해한 것을 바라고
계획하는 일에 진심으로 동의하는 마음, 이것이 우리의
목표다.

『정치적 고찰』 전집 10권

11 우리가 계획하고 생각한다는 것은 아무런 의미가 없어.
사실 사람들은 자신이 생각하는 대로 행동하지 않는
법이거든. 실제로는 자신의 마음이 원하는 대로 매
순간 아주 분별없이 행동하지. 친구가 된다거나 사랑에
빠지는 경우가 아마 그렇겠지.

『크눌프』 전집 4권

12 두 소년 사이의 우정은 기묘했다. 하일너에게 우정은
즐거운 사치이자 위안이거나 혹은 한낱 장난에 지나지
않았다. 하지만 한스에게 우정은 자랑스럽게 지켜낸
보물이자 때로는 무거운 짐이기도 했다.

『수레바퀴 밑에』 전집 2권

13 한스도 자신의 성적이 떨어진 이유가 일부분 우정
때문임을 알고 있었지만, 그렇다고 해서 우정이 자신을
방해한다거나 자신에게 손실을 입힌다고 생각하지는
않았다. 오히려 우정이 그의 빈 곳을 메워주는 보물처럼
느껴졌다. 우정으로 인해 그는 예전의 무미건조하고
의무적인 삶과는 완전히 다른 고귀하고 따뜻한 삶을
얻었다. 그는 처음으로 사랑에 빠진 사람 같았다.

『수레바퀴 밑에』전집 2권

14 한스는 하일너와의 우정으로 인해 자신이 지쳐가고
있고, 심지어 하일너의 손이 닿지 않는 자신의 고유한
부분까지 병들고 있음을 어렴풋이 느꼈다. 하지만
하일너가 우울해하고 울상을 지을 때면 한스는 그가
가엾게 느껴졌다. 또한 자신이 그에게 없어서는
안 될 존재임을 알게 될수록 애정은 더욱 커지고
의기양양해졌다.

『수레바퀴 밑에』전집 2권

15 조숙한 두 소년은 자신들도 모르는 사이에 우정을
통해 첫사랑의 달콤한 비밀을 미리 맛보았다. 게다가
그들의 동맹은 성숙해가는 남성성의 야성적인 매력을
띠고 있었기에, 그만큼이나 거칠게 다른 동료들에 대한
반항심을 표출하는 묘미도 있었다. 그 둘이 보기엔, 다른
동급생들이 맺고 있는 수많은 우정은 순진한 소년들의

소꿉놀이에 지나지 않았다. 반 친구들은 하일너를
싫어했고, 한스를 이해하지 못했다.

『수레바퀴 밑에』 전집 2권

16 그대는 내 곁에 머물고 싶어 하지만,
    내 삶은 어둡기만 하다오.
    저 밖에서는 별들이 갈 길을 재촉하고
    모든 것이 반짝거리며 빛을 발하는데.

    그대가 번잡한 인생살이 속에서
    하나의 중심을 알고 있으니
    그대와 그대의 사랑은
    내게 선한 정령이 되어줄 것이오.
    나를 에워싸고 있는 어둠 속에서
    그대는 숨어 있는 별을 예감하며
    그대의 사랑으로 삶의 달콤한 알맹이를
    내게 상기시킨다오.

    「니논을 위하여」 『시집』

17 누구에게나 자신의 깊디깊은 내부와 영혼, 사랑할 수
    있는 능력은 이 세상에서 유일하게 진실하다. 제대로
    사랑할 능력이 있으면 기장을 먹든 케이크를 먹든
    상관없으며, 누더기를 걸치든 보석을 걸치든 아무
    상관이 없다. 사랑하면 세상은 영혼과 순수하게 조화를

이루고, 좋아지며, 제자리를 찾는다.

「마르틴의 일기에서」『게으름의 기술』

18 많은 종류의 감정이 있는 것처럼 보이지만, 실은 모두 한
가지다. 우리는 모든 감정을 의지로, 또는 다른 무엇으로
부를 수 있다. 나는 그것을 사랑이라고 일컫는다.
행복은 사랑이지 다른 어떤 것이 아니다. 사랑할 수
있는 자는 행복하다. 우리 영혼의 모든 움직임은
사랑이다. 영혼의 그러한 움직임 속에서 우리는 자기
자신과 스스로의 삶을 느낀다. 그러므로 많이 사랑할
수 있는 자가 행복하다. 그러나 사랑과 욕구가 완전히
같은 것은 아니다. 사랑은 현명해진 욕구다. 즉, 사랑은
사랑하려고만 하지 무리하게 소유하려고 하지 않는다.
때문에 세상에 대한 사랑을 사상의 그물에 담아 무게를
다는 철학자, 세상을 자꾸만 새로이 자신의 사랑의
그물로 감싸는 철학자도 행복하다.

「마르틴의 일기에서」『게으름의 기술』

19 인간은 아무것도 자기 자신만큼 사랑할 수 없다. 인간은
아무것도 자기 자신만큼 두려워할 수 없다. 그리하여
원시인의 다른 신화, 계율, 종교와 마찬가지로 이상한
전용과 위장 체계가 생겨났다. 그 체계에 따르면 삶을
지탱하는 토대가 되는 스스로에 대한 사랑은 인간에게
금지된 것으로 간주되고, 비밀에 붙여지고, 숨겨지고

위장되지 않을 수 없었다. 다른 사람을 사랑하는 것은 자기 자신을 사랑하는 것보다 더 윤리적인 것으로, 더 고상한 것으로 간주되었다. 자기애는 무엇보다 기본적 욕구이고, 이웃에 대한 사랑은 자기애 옆에서는 결코 제대로 번성할 수 없었기에 사람들은 위장되고 드높여지고 양식화된 일종의 이웃 사랑의 형식을, 텅 빈 자기애를 생각해냈다. 따라서 가족과 부족, 마을과 종교 공동체, 민족과 국가가 신성해졌다. 인간은 자기 자신을 위해서는 아무리 사소한 윤리 규범도 어겨서는 안 되면서도 공동체나 민족, 조국을 위해서는 뭐든지, 아무리 끔찍한 일일지라도 해도 된다. 평소에 엄격히 금지되었던 일이 어떤 경우에는 의무이자 영웅적 행위가 된다. 인류는 지금까지 그런 식으로 존속해왔다. 그러나 어쩌면 여러 민족의 우상들 또한 서서히 무너질지 모른다. 그리고 모든 인류에 대해 새로 발견한 사랑 속에서, 어쩌면 태곳적 가르침이 다시 생겨날지도 모른다.

「마르틴의 일기에서」『게으름의 기술』

20 오, 고빈다. 무엇보다 중요한 것은 사랑이라고 생각하네. 이 세상을 통찰하고, 그것을 설명하거나 얕잡아보는 것은 위대한 사상가가 할 일이겠지. 하지만 내게는 세상을 사랑할 수 있는 것만이 중요하네. 세상을 깔보지 않고, 세상과 나를 미워하지 않고, 세상과 나와 모든 존재를 사랑과 경탄하는 마음, 외경심으로 바라볼 수

있는 일이 중요할 뿐일세.

『싯다르타』 전집 5권

21 신약성서에 나오는 가장 지혜로운 말씀은 "네 이웃을 너
자신처럼 사랑하라"다. 그것은 모든 처세술과 행복론에
대한 간결하고도 총체적인 개념으로, 구약성서에도 이미
나와 있다. 이웃을 자신보다 사랑할 수 없는 경우를
보자. 그런 사람은 이기주의자, 약탈자, 자본가이면서
부르주아다. 그는 돈과 권력을 모으긴 하지만 진정한
기쁨을 누리지 못한다. 가장 고귀하고 달콤한 영혼의
기쁨이 그에게는 닿지 않는다. 반면에 이웃을 자신보다
더 사랑하는 사람은 열등감에 사로잡혀 있는 자다. 그런
자는 모두를 사랑하고픈 욕구로 차 있으면서도 자신에
대한 원한과 끊임없는 고통으로 가득한 가엾은 악마다.
죄의식 없이 사랑할 수 있는 능력, 즉 균형 잡힌 사랑이
필요하다. 이웃을 사랑하라, 그것은 너 자신이니까!*라는
인도식의 지혜가 바로 그것이다.

『요양객』 전집 7권

22 그러나 내 생각에 도덕과 덕의 길 위에선 어떤 행복도

---

* "그것은 그대다tat twam asi"라는, 힌두교 경전 『우파니샤드』에 나오는 말을 가리킨
다. 나와 너, 만물이 같다는 것을 의미한다.

얻을 수 없다. 나의 내면에서 느끼고, 생각해내고, 돌보는 덕만이 나를 행복하게 해줄 수 있기 때문이다―어떻게 낯선 덕을 나의 것이라고 생각할 수 있겠는가! 하지만 사람들은 그렇게 했다. 다시 말해 예수가 가르쳤든 괴테가 가르쳤든 상관없이 세상은 사랑의 계율을 완전히 오해했던 것이다! 어떠한 계율도 존재하지 않았다. 어떠한 계율도 존재하지 않는다. 계율이라고 불리는 것은 인식하는 자가 인식하지 못하는 자에게 전하는 진리이자, 인식하지 못하는 자가 파악하고 느끼는 진리다. 계율은 잘못 파악된 진리다. 모든 지혜의 근거는 이것이다. 다시 말해 행복이란 오직 사랑에 의해서 생길 뿐이다. 내가 "네 이웃을 사랑하라!"라고 말한다면 그것은 벌써 위조된 가르침이다. "네 이웃을 사랑하듯이 너 자신을 사랑하라"라고 말하는 것이 어쩌면 훨씬 더 옳을지도 모른다. 그리고 언제나 이웃으로부터 시작하려고 하는 것이 어쩌면 원래의 잘못일지도 모른다…….

「마르틴의 일기에서」『게으름의 기술』

23 세상의 온갖 고통을 느껴보는 것은 나쁘지 않습니다. 하지만 당신의 능력으로 어쩔 수 없는 일에 힘을 쏟지 말고, 당신이 도와줄 수 있고 사랑하고 기쁘게 해줄 수 있는 이웃을 도와주세요.

『편지 선집』

24 사랑받는 건 행복한 게 아니에요. 누구나 자신을
사랑하지만 수많은 사람들이 일평생 괴로워하지요.
그래요, 사랑받는 건 행복한 게 아니에요. 사랑하는 게
행복한 겁니다!

「클라인과 바그너」『클링조어의 마지막 여름』 전집 5권

25 나이가 들수록, 그리고 살면서 느낀 조그만 만족에서
김빠진 맛이 날수록 기쁨과 삶의 원천을 찾아야겠다는
생각이 분명해졌다. 나는 사랑받는다는 것은 아무런
의미가 없고, 사랑하는 것이 중요함을 깨닫게 되었다.
내 생각에 우리의 존재를 소중하고 즐겁게 만들어주는
것은 다름 아닌 우리의 느낌이었다. 내가 '행복'이라고
칭할 수 있는 무언가를 지상에서 보았다면 그 행복은
느낌으로 이루어져 있었다.

「마르틴의 일기에서」『게으름의 기술』

26 싯다르타는 충실하고 신중한 그 친구를 아직 사랑하고
있었다. 그리고 이 순간, '옴'으로 충만해 있다가
경이로운 잠에서 깨어난 이 찬란한 순간, 사람이든
사물이든 어떻게 사랑하지 않을 수 있겠는가! 그가
자신이 본 모든 사물을 기쁨이 넘치는 사랑의 감정으로
대하는 것, 삼라만상을 다 사랑하는 것은, 잠을 자는
동안 '옴'에 의해 내면에서 일어난 마법과도 같은 현상
때문이었다. 지금 돌이켜보니 이전에는 마음이 너무

병들어 있어서 어떤 사물이나 인간도 사랑할 수 없었던 게 아니었을까 하는 생각이 들었다.

『싯다르타』 전집 5권

27 사실 그는 이 사랑, 자식을 향한 맹목적인 이 사랑이 일종의 번뇌요, 너무나 인간적인 것이란 사실과, 또한 윤회요, 슬픔의 원천이자, 시커먼 강물이란 사실을 잘 알고 있었다. 그럼에도 그는 그것이 무가치한 것이 아니라 필수 불가결한 것이며, 자신의 본질에서 우러나오는 것임을 동시에 느꼈다. 그는 이런 욕심도 채우고, 이런 고통도 맛보고, 이런 어리석은 짓도 저질러보고 싶었다.

『싯다르타』 전집 5권

28 사랑은 내가 처음에 두려움을 느꼈던 것과 달리, 이제 더 이상 어두운 충동이 아니었다. 또한 사랑이란 이제 더 이상 내가 베아트리체의 영상에 바친 것 같은 경건하게 정신화된 숭배심도 아니었다. 사랑은 그 둘 다였고, 뿐만 아니라 훨씬 그 이상이었다. 사랑은 천사의 모습이자 사탄이고, 남녀가 하나 된 것이고, 인간과 동물이며, 지고의 선이자 극단적인 악이었다. 이런 삶을 사는 것과 이런 삶을 맛보는 것이 내 운명으로 정해진 것 같았다.

『데미안』 전집 5권

29 부인은 별과 사랑에 빠진 청년 이야기를 해주었다. 그
청년은 바닷가에 서서 두 손을 뻗고 별을 숭배했으며,
별의 꿈을 꾸고 늘 별만 생각했다. 그러나 그는 인간이
별을 포옹할 수 없다는 것을 알고 있거나 또는 알고
있다고 생각했다. 그는 실현될 희망도 없이 별을
사랑하는 일을 자신의 운명이라 여겼다. 이런 생각에서
출발해 단념, 그리고 자신을 교화하고 정화할 무언의
진정한 고민을 다룬 완전한 인생에 대한 시 한 편을
지었다. 그러나 그의 꿈은 모두 별을 향해 있었다. 어느
날 밤, 그는 다시 바닷가의 높은 벼랑 위에 서서 별을
쳐다보며 그에 대한 사랑에 불타고 있었다. 그리움이
극에 달한 순간 그는 별을 향해 풀쩍 뛰어올라 허공으로
몸을 던졌다. 그 순간, 번개처럼 생각이 뇌리를 스쳐
지나갔다. 도저히 불가능한 일이야! 그는 산산조각이
난 몸으로 해변에 쓰러졌다. 그는 사랑하는 법을 알지
못했던 것이다. 만약 그가 뛰어오르는 순간 확실하게
실현될 거라고 믿는 굳건한 정신력을 가졌더라면 그는
하늘로 날아올라 별이 되었을지도 모른다.

『데미안』전집 5권

30 내가 하는 말이 어이없게 들리더라도 비웃지는 마.
그런데 이보게, 한 여자를 사랑하고 그 여자에게 자신을
바친다는 것, 그녀를 온전히 내 속으로 감싸고 또
그녀에게 감싸여 있다고 느끼는 것은 자네가 '사랑에

빠진 상태'라면서 비웃는 상태와는 달라. 그건 비웃을
일이 아니야. 내게는 사랑이 곧 삶으로 통하는 길이고
삶의 의미로 통하는 길이야.

『나르치스와 골드문트』 전집 8권

31 이 현명하고 착실한 소녀는 사랑에 빠진 이 소년에
대해 이제부터는 자기에게 책임이 있음을 알고 있었다.
그래서 되도록 부드럽고 안전하게, 팽팽하게 당겨진
실을 따라 그를 올바른 길로 이끌어주리라 마음먹었다.
인간의 첫사랑이란, 그것이 아무리 신성하고 달콤하다
할지라도 임시변통이자 우회로에 불과함을, 삶을 통해
고통스럽게 체험했기 때문이다. 그리 오래전의 경험은
아니었다. 이제 그녀는 소년이 너무 많은 불필요한
아픔을 겪지 않고 이 일을 헤쳐나갈 수 있도록 도울 수
있기를 바랐다.

「라틴어 학교 학생」 『이편에서』 전집 2권

32 모든 생명은 분열과 모순을 통해 풍요로워지고 꽃을
피운다. 도취의 상태를 알지 못한다면 이성과 냉철함이
무슨 소용이 있으며, 그 배후에 죽음이 도사리고 있지
않다면 대체 관능적 쾌락이란 무슨 의미가 있단 말인가.
이성 간의 영원한 대립이 없다면 사랑이란 또 무슨
의미가 있겠는가.

『나르치스와 골드문트』 전집 8권

33 세상과 인생을 사랑하는 것, 고통 속에서도 사랑하는 것,
감사하는 마음으로 햇살에 마음을 열고 아픔 속에서도
미소를 잃지 않는 것, 진정한 문학의 이러한 가르침은
결코 시대에 뒤진 낡은 것이 아니며 오늘날 그 어느
때보다도 더 절실하고 고마워할 만하다.

『책 속의 세계』 3권

34 나는 온갖 신조와 이상에 대해 말할 수 있지만 그
어느 것에도 헌신할 줄 모르는 사람보다 세상의 가장
순수한 이상에 헌신할 마음이 있는 사람이 훨씬 더
사랑스럽습니다.

『편지 모음』 2권

35 부드러움은 딱딱함보다 더 강하고, 물은 바위보다 더
강하며, 사랑은 폭력보다 더 강하다.

『싯다르타』 전집 5권

36 사랑과 헌신에 대한 그리움이야말로 구원의 유일한
원천입니다.

「1924년 3월 13일의 미공개 편지」

37 아는 척하고 혹평하는 사람이 아니라 사랑하고 인내하며
용서할 줄 아는 사람이 늘 승리했습니다.

『편지 모음』 2권

VI

더 깊은 내면으로

나는 외부 세계에 완전히 무심한 태도를 취했고,

온종일 내면에 귀를 기울이며,

내 마음속 깊은 곳에서 흐르는

금지된 어두운 물소리를 듣는 데 몰두했다.

더 깊은 내면으로

1 내 속에서 솟아나려는 것, 바로 그것을 나는 살아보려고
   했다. 그런데 그렇게 하는 게 왜 그리 어려웠을까.

   『데미안』 전집 5권

2 선천적으로 어렵지 않게 살아가는 사람들이 있습니다.
   하지만 결국 인간은 인간일 뿐입니다. 타고난 기질이나
   천성을 바꿀 수는 없지요. 비록 엉망진창이 되어버린다
   해도 누구나 한 번쯤은 자신의 고유한 삶을 살고 싶어
   합니다.

   「헤세가 누나 아델레 군데르트에게 보낸 편지」

3 한 사람 한 사람의 삶은 자기 자신을 향해 가는 길이고,
   그런 길을 가려는 시도이며, 좁은 길의 암시다. 일찍이
   완전히 자기 자신이 되어본 사람은 아무도 없었다.
   그럼에도 누구나 자기 자신이 되려고 노력한다.

   『데미안』 전집 5권

4 나의 과제는 나를 내 마음대로 다스리고, 나만의 길을
   찾는 것이었다. 그런데 나는 유복하게 자란 대부분의
   아이들처럼 그 과제를 제대로 처리하지 못했다.
   누구나 이런 어려움을 겪는다. 모든 사람들에게 이러한
   과제는 삶에 대한 자기 자신의 요구가 주변 세계와
   가장 가혹하게 갈등을 일으켜서, 앞으로 나아갈 길을
   가장 혹독하게 쟁취해내야 하는 인생의 분기점이다.

많은 사람들은 우리의 운명인 죽음과 새로운 탄생을
유년 시절이 허물어지고 서서히 무너져갈 때 단 한 번
체험한다. 우리가 사랑한 모든 것이 우리 곁을 떠나가려
하고, 갑자기 우주 속에서 고독과 살인적인 추위에
둘러싸여 있음을 느낄 때 그런 체험을 한다.

『데미안』 전집 5권

5   나는 외부 세계에 완전히 무심한 태도를 취했고, 온종일
내면에 귀를 기울이며, 내 마음속 깊은 곳에서 흐르는
금지된 어두운 물소리를 듣는 데 몰두했다.

『데미안』 전집 5권

6   내게 주어진 몫은 삶의 목소리를 따르는 일이다. 내가 그
의미와 목적을 깨달을 능력이 없다 해도 그 목소리는 내
안에서 그것을 따르라고 외치고 있다. 비록 그 목소리가
나를 흥겨운 거리에서 어둠과 불확실성 속으로 점점
이끌어가려 해도 말이다.

「보덴호」 『그림책』 전집 6권

7   선잠에서 깨어난 그는 탁자 위의 쇼펜하우어 책을
집어 들었다. 그는 보통 그 책을 가지고 여행을 다녔다.
아무렇게나 책을 열어 문장 하나를 읽었다. "지나온 인생의
행로를 뒤돌아보고 무엇보다도 우리의 불행했던 발자취와
함께 그 결과를 주시해보면, 어떻게 이런 일은 했지만 저런

일은 하지 않았는지 이해할 수 없을 때가 있다. 그래서 알
수 없는 힘이 우리를 조종하지 않았나 하는 생각이 든다.
괴테는 희곡 〈에그몬트〉*에서 이렇게 말한다. "인간이란
자신의 삶을 조종하고 자신을 지배한다고 생각하지만
그의 내심은 어쩔 수 없이 그의 운명에 이끌린다."

「클라인과 바그너」『클링조어의 마지막 여름』 전집 5권

8 온갖 마법 현상들 중 가장 중요하고 근사한 존재는
'키 작은 사내'였다. 그를 언제 처음 보았는지는 알지
못한다. 그는 늘 거기 있었고, 나와 함께 세상에 나온
모양이었다. 그 키 작은 사내는 아주 조그만, 회색
그림자 같은 존재였다. 꿈속에서뿐만 아니라 깨어 있을
때도 이따금 내 앞에 모습을 드러내는, 소인小人이자
정령이나 요마妖魔, 천사 또는 악마였다. 나는 아버지나
어머니보다, 이성이나 때로는 공포보다도 더 그를
따라야 했다.

「마법사의 유년 시절」『동화집』

9 우리는 우리 내면의 동물을 파괴할 수 없다. 그러면
우리도 같이 죽기 때문이다. 그러나 우리는 (사나운 말로

---

* 네덜란드의 독립운동가 에흐몬트(Egmont. L.)의 생애를 다룬 희곡으로, 이에 기초
해 베토벤이 작곡한 극음악 「에그몬트」가 있다.

수레를 끌게 하듯) 그 동물을 어느 정도 진정시키고 인도해
인류에게 도움을 베풀 수 있다.

『혼돈을 들여다봄』

10 지상에서의 모든 현상은 하나의 비유이고, 모든 비유는
열린 문이다. 영혼은 준비되어 있으면 그 문을 통해
세계의 내면으로 들어갈 수 있다. 그 내면에서는 너와
나, 낮과 밤, 그 모든 것이 하나가 된다. 모든 사람은
살아가는 동안 여기저기에서 열린 문의 방해를 받는다.
누구나 언젠가는 눈에 보이는 모든 것이 하나의
비유이며, 그 비유 뒤에 영혼과 영원한 삶이 존재한다는
생각을 하게 된다. 물론 소수의 사람만이 그 문을 통과해
내면의 예감된 현실에 아름다운 외관을 부여한다.

「아이리스」『동화집』

11 어린아이들은 모두 아직 비밀을 지니고 있는 한,
끊임없이 영혼 속에서 유일하게 중요한 일, 곧 자기
자신, 그리고 그들과 주위 세계의 수수께끼 같은 관계에
몰두한다. 구도자와 현자들은 원숙해질수록 이러한 일로
되돌아가지만, 사람들 대부분은 일찍부터 진실로 중요한
이런 내면세계를 영원히 잊거나 버리고, 평생 동안
걱정하며 소원과 목표라는 눈부신 미로 속을 헤매고
다닌다. 그중 어느 것도 그들 내면 깊숙이 존재하는
것은 없으며, 어느 것도 그들을 깊은 내면이나 본래의

자신으로 이끌어주지 않는다.

「아이리스」『동화집』

12 그는 오랫동안 자신의 변신에 대해 곰곰 생각해보았고,
기쁨에 겨워 노래 부르는 새소리에 귀 기울여보았다.
그렇다면 이 마음속의 새가 그의 내면에서 죽지
않았단 말인가? 그렇다, 그의 내면에서 죽은 것은 다른
무엇이었다. 죽은 것은 그가 옛날 언젠가 작열하던
태양 아래서 참회의 생활을 하던 때에 사멸시키려 했던
바로 그것이 아닐까? 죽은 것은 그의 자아가 아닐까?
불안해하는 작고 오만한 자아가 아닐까? 스스로와 오랜
세월 동안 투쟁했고, 언제나 다시 자신을 이겨냈으며,
사멸한 다음에도 또다시 살아나서 기쁨을 앗아가고
두려움을 느끼게 했던 바로 그 자아가 아닐까? 그렇다면
그가 지금 어린아이처럼 그토록 확신에 차서, 그토록
두려움 없이 기쁨에 가득 차 있는 것은 그 자아가 죽었기
때문이 아닐까?

『싯다르타』전집 5권

13 경건한 사람들이 말하듯 '내면의 길을 가야 한다.' 내면
깊은 곳에서 파괴되지 않은 자신의 고유한 본질을
발견하게 될 것이다. 이 본질은 자신의 운명으로부터
달아나려 하지 않고, 이 민족에게 말하며, 다시 발견된
최상의 것과 가장 깊은 것을 가지고 새로 시작할 것이다.

「제국」『동화집』

14 인간이 영속적인 통일체라는 견해는 오류이자, 불행을
초래하기까지 한다는 사실을 당신은 잘 알고 있을
겁니다. 또한 인간이 수많은 영혼과 자아로 이루어져
있다는 사실도 잘 알고 있을 겁니다. 겉보기에 하나의
통일체를 이루고 있는 개성을 그토록 많은 형상들로
분열시키는 것은 어쩌면 미친 짓으로 보일 수도
있습니다. 학문은 그것에 정신분열증이라는 이름을
붙여주기까지 했지요.

『게르트루트』전집 3권

15 불안으로부터 도피하려고 아무리 발버둥을 쳐봤자
자신이 부수고 뛰쳐나온 그 세계로 되돌아갈 뿐이었다.
일평생 선하고 옳았던 모든 것은 이제 다시는 존재하지
않았다. 모든 것을 자신의 손으로 해결해야 했으며,
아무도 그를 도와주지 않았다. 그런데 자신의 내부에서
발견한 것이 도대체 뭐란 말인가? 아, 내면의 혼란과
분열이라니!

「클라인과 바그너」『클링조어의 마지막 여름』전집 5권

16 예술가가 스스로를 분석적으로 관찰한다면, 자신의
직업에 대한 불신, 환상에 대한 회의, 내면의 낯선
목소리와 같은, 자신이 약점으로 생각해 괴로워하는

문제점들을 직시하지 않을 수 없을 것이다. 내면의 낯선
목소리는 시민적 견해와 교육을 옳다고 인정하며, 그
외에 자신이 하는 행위들은 '한낱' 그럴듯한 허구에
불과하다고 말한다. 하지만 바로 이러한 정신분석은
예술가가 가끔 '한낱' 허구로 평가했던 것이 최고의
가치를 지닌 것이라고 그에게 집요하게 가르친다. 또한
정신의 근본적인 요구가 현존하고 있음을 일깨우고,
모든 권위적인 잣대와 가치평가의 상대성도 소리
높여 상기시켜준다. 정신분석은 예술가에게 자기
자신의 존재를 확인시켜준다. 이와 동시에 정신분석은
예술가에게 분석심리학에서 다루는, 순전히 지적인
활동의 영역을 활짝 열어준다.

「예술가와 정신분석」『책들의 세계』

17 정신분석은 우리가 가장 성공적으로 내면에
억압해두었던 것, 여러 세대에 걸쳐 지속적으로 강하게
억눌러왔던 것을 직시하고 인정하며, 그것을 탐구하고
진지하게 받아들이라고 가르친다. 이는 정신분석을
행하는 첫걸음부터 뿌리를 뒤흔드는, 강력하고 엄청난
체험이다. 이를 의연히 견디고 계속 나아가는 자는
점차 고립되어가고 관습이나 기존의 가치관과 더욱
단절되어가는 자신을 보게 된다. 또 멈추지 않고 의문과
회의에 시달리는 자신을 보게 된다. 그러는 한편, 무너져
내리는 인습의 장막 뒤에서 진실, 즉 본성의 가차 없는

모습이 자꾸 떠오르는 것을 보거나 예감한다. 그도
그럴 것이 발전사의 한 단면은 정신분석이라는 강도
높은 자기 검증을 통해서만 전정으로 체험되고, 가슴을
찢는 듯한 감정으로 느껴지기 때문이다. 아버지와
어머니를 거쳐, 농경민과 유목민을 거쳐, 원숭이와
물고기를 거슬러 올라가는 인간의 유래, 속박과 희망은
어디에서보다 진지한 정신분석에서 가장 심각하고 가장
충격적으로 체험할 수 있다. 배워서 익힌 것이 눈에
보이게 되고, 알고 있던 것은 심장의 고동이 된다. 불안,
당혹과 억압이 훤히 드러나자 삶과 개인의 의미는 더욱
순수하고 더욱 선명하게 떠오른다.

「예술가와 정신분석」『책들의 세계』

18 이 모든 혁명과 혁신의 배후에 체험과 계기로서
뚜렷이 인식되는 두 가지 큰 힘은, 세계대전 그리고
지그문트 프로이트가 기초를 세운 무의식의
심리학이다. 세계대전의 결과로 발생한 모든 옛
형식의 붕괴와, 지금껏 통용되던 도덕과 문화에 대한
거부는 정신분석에 의하지 않고는 도저히 해석할 길이
없어 보인다. 젊은이의 시선으로 보건대 유럽은 중증
신경증 환자라서, 자신이 만들어놓은 질식할 것 같은
강박관념의 속박을 끊지 않는 한 어쩔 도리가 없다.
그렇지 않아도 아버지와 교사, 사제, 정당과 학문의
권위가 땅에 떨어졌으니, 옛날의 모든 치부와 불안,

신중함을 가차 없이 파헤치는 이 심리학은 새로운,
끔찍한 적수다.

「최근의 독일 문학」『책들의 세계』

19 니체의『이 사람을 보라』처럼 절망으로 가득 찬 책들은
하나의 길을 지시하는 것 같지만, 결국은 길이 없음을
더욱 분명히 보여준다. 정신분석은 우리에게 하나의
보조 수단이 될 것 같았다. 그것은 진보를 가져다주었다.
그러나 아직 어떤 작가나 정신분석가도, 또 분석 훈련을
받은 작가조차도 오늘날까지 너무나 편협하고 도그마에
치우치며 너무나 공허한 아카데미즘에서 그런 종류의
정신분석학을 해방해주지 못했다.

『뉘른베르크 여행』전집 7권

20 프로이트학파의 학설은 예나 지금이나 심리학은
물론이고 신경증 환자의 치유에도 빛나는 성과를
내고 있고, 수년 전부터 거의 어디서나 당연한
인정을 받기에 이르렀다. 그런데 그 학설이 확산하고
대중에게 유포되며, 그 방법론과 전문용어가 다른
정신 영역까지 점점 알려지면서 상당히 역겹고 눈에
거슬리는 부작용이 생겨났다. 프로이트가 꿈과 다른
무의식의 정신세계를 분석하는 데 적용한 방법론으로
문학작품을 연구하는, 얼치기 교양인의 사이비 프로이트
심리학과 일종의 딜레탕트 문학비평이 그것이다.

「문학과 비평이라는 주제에 대한 메모」『책들의 세계』

21 어떤 철학자는 동시대 사람들을 좋아하지 않아서
개인주의를 생각해내고, 다른 철학자는 혼자 지내는
것을 견디지 못해 사회주의를 만들어내지. 우리의
외로운 감정은 병의 일종일지도 몰라. 다만 이를 어떻게
해볼 수 없을 뿐이네.

『게르트루트』 전집 3권

22 내가 입김을 불면 선생은 사라져버릴 거요! 내가 연인을
생각하기만 해도, 아니면 노란 앵초만을 생각해도
선생을 현실에서 사라지게 할 수 있지요! 선생은
물건도 인간도 아닌 하나의 이념이고 황량한 추상적
개념입니다.

『요양객』 전집 7권

23 이처럼 삶의 감정이 고양된 열광적인 순간에도, 이
같은 좋은 순간의 쾌적한 도취 속에서도 물론 내 안의
거추장스러운 목소리가 완전히 사라진 것은 아니었다.
듣기 거북하지만 꼭 필요한 것, 저 이성의 목소리였다.
그것은 차갑고 불편한 음조로 나지막이, 유감스러운 듯
내가 받는 위안이 그저 착각이며 잘못된 방식일 뿐임을
상기시켜주었다.

『요양객』 전집 7권

24 우리 같은 신경증 환자, 불면증 환자,
   정신질환자들에게는 그 같은 평범한 행위가 기억과
   감정, 두려움을 몽환적으로 동반하는 수난이 된다. (…)
   친절해 보이는 가구, 우호적인 양탄자와 밝은 벽지가
   얼마나 위선적이며, 마치 악의적인 악마처럼 우리를
   바라보고 있는가! 옆방과 연결된 빗장 걸린 문은 얼마나
   치명적이고 파괴적으로 우리를 비웃고 있는가!

『요양객』 전집 7권

25 영혼의 병을 심하게 앓고 있는 수많은 사람에게는
   자신의 능력을 급격히 잃어버리는 일, 돈의 신성함에
   대한 믿음이 흔들리는 일이 불행이 아니라 오히려 가장
   확실한 구원이자 유일하게 가능한 구원으로 여겨진다.
   이와 마찬가지로 내게는 오늘날 우리 삶 가운데 오로지
   일과 돈만을 숭배하는 것과는 달리, 우리 모두에게
   결여된 순간의 유희에 대한 의미, 우연에 대해 열린
   자세가 매우 바람직해 보인다.

『요양객』 전집 7권

26 나는 어느 날 밤에 다시 이 모든 질문을 나의 내면으로
   받아들였다. 그에 대한 답을 얻기 위해서가 아니라,
   질문의 고통을 내면에 받아들여 다시 한번 쓰디쓴
   맛을 보기 위해서였다. 살아온 내내 그 질문의 답을
   알고 있었기 때문이다. 그러면서 나는 나의 눈앞에서

크눌프, 싯다르타, 황야의 늑대와 골드문트를 보았다.
그들은 순전히 형제들이었고 가까운 친지들이었지만,
되풀이해서 나타나지는 않았다. 그들은 순전히 질문하는
자이고 괴로워하는 자들이었다. 그렇지만 내게는 삶이
내게 가져다준 것이 최상의 것들이었다. 나는 그들을
환영하고 긍정했다.

「일하는 밤」『책들의 세계』

27 그는 어찌할 도리 없이 고독하게 앉아 있었다. 머리는
열로 활활 타올랐고, 가슴은 고통으로 콕콕 짓눌렸다.
그는 뱀 앞의 새처럼 운명에 대한 크나큰 공포에
시달리며 옴짝달싹하지 못하고 두려움에 떨었다.
이제 그는 운명이 다른 데가 아닌 자신의 내부에서
자라났음을 알게 되었다. 그에 대한 대책이 마련되지
않자 그는 잡아먹히게 되었다. 그는 한 걸음씩 불안, 이
끔찍한 불안에 시달리며 이성으로부터 내몰렸다.

「클라인과 바그너」『클링조어의 마지막 여름』 전집 5권

28 우리는 인간에 대해 무엇을 알고 있는가! 우리는 벨이
울리지 않고, 난로에서 연기가 나고, 기계의 톱니바퀴가
돌아가지 않으면 어떻게 해야 하는지 금방 안다. 고장 난
곳을 열심히 조사하고 찾아내 수리할 줄 안다. 하지만
우리 내부의 존재물, 삶에 의의를 부여하는 은밀한 태엽,
혼자 살아가고 혼자 고락을 느끼며, 행복을 갈구하고

체험할 수 있는 우리 내부의 존재물—그 미지의 것에
대해선 아직 하나도 모르고 있다. 만일 그것이 병든다면
우리에겐 아무런 치유책도 없다. 그야말로 미칠 일이
아닌가?

「클라인과 바그너」『클링조어의 마지막 여름』 전집 5권

29 자형이 질책하는 불안한 시선으로 나를 바라보았다.
    '저들은 내가 미쳐버린 사실을 알고 있군.' 나는 재빨리
    그렇게 생각하고 다시 램프를 집어 들었다. 누나가
    애원하는 눈빛으로, 걱정과 사랑을 가득 담고 조용히
    나한테 걸어왔다. 가슴이 미어질 것 같았다. 아무 말도
    할 수 없었다. 손을 뻗어 물러가라며 제지하는 동작만
    할 수 있을 뿐이었다. 그리고 속으로 생각했다. 날
    내버려둬! 날 좀 내버려두란 말이야! 너희는 모른단
    말이야! 내 기분이 어떤지, 내 마음이 얼마나 아픈지,
    얼마나 끔찍하게 아픈지! 다시 이렇게 생각했다. 날
    내버려둬! 날 좀 내버려두란 말이야!

    「꿈의 연속」『동화집』

30 나는 중국식 처방을 떠올리고 몇 분간 숨을 멈춘 채
    현실의 망상에서 벗어났다. 그런 다음 나는, 영상 속에서
    열차를 타고 올라가고 있으며 그곳의 무언가를 지켜봐야
    하므로 잠시만 참아달라고 간수들에게 다정히 부탁했다.
    그들은 나를 정신이 이상한 녀석으로 보았기에 익숙한

방식으로 웃음을 터뜨렸다.

그러자 나는 나 자신을 잘게 쪼개 나의 영상 속으로 들어갔다. 조그만 열차에 올라타 시커멓고 작은 터널 속으로 들어갔다. 잠시 솜털 같은 연기가 둥근 구멍에서 피어올랐다. 그런 뒤 연기는 흩어지고 날아가버렸다. 그리고 연기와 함께 모든 영상이, 또한 영상과 함께 나도 사라져버렸다.

간수들은 무척 당황해 흠칫 물러섰다.

「요약한 이력서」『꿈길』전집 6권

31 그리스어 복음서를 읽을 때도 이따금 인물들의 모습이 너무도 분명하고 생생하게 떠올라 압도되는 느낌이 들었다. 예수가 제자들과 함께 배에서 내리는 장면을 묘사한, 마가복음 6장의 구절을 읽을 때 특히 그런 느낌을 받았다. '사람들은 곧 예수님을 알아보고 그에게 달려왔다.' 마치 인간의 아들 예수가 배에서 내리는 것을 직접 보는 듯했다. (…) 그런 일시적인 환각 현상을 겪으면, 한스는 자신이 망원경을 통해 시커먼 대지를 꿰뚫어 보는 듯한 느낌이 들기도 했고, 신이 자신을 들여다보고 있다는 느낌이 들기도 했다.

『수레바퀴 밑에』전집 2권

32 전 세계의 모든 현인, 석가모니와 쇼펜하우어, 그리스도, 그리고 그리스 사람들은 모두 '단 하나의 지혜, 단

하나의 믿음, 단 하나의 사유만이 존재했다'라고
가르쳤다. 그것은 우리 내부의 신을 아는 일이었다.
학교와 교회, 책이나 학문에서 이런 사실을 얼마나
왜곡되고 그릇되게 가르쳐왔던가!

「클라인과 바그너」『클링조어의 마지막 여름』전집 5권

33 도둑이나 주사위 노름꾼의 내면에도 부처가 깃들어
    있고, 브라만의 내면에도 도둑이 도사리고 있지. 깊은
    명상에 잠긴 상태에서는 시간을 지양할 수 있고, 과거에
    존재했던 모든 생명체와 현재 존재하는 모든 생명체,
    그리고 미래에 존재할 생명체를 모두 동시에 존재하는
    것으로 볼 수 있다네. 그러면 모든 것이 선하고, 완전하고,
    모든 것이 범梵이 되는 거네.

    『싯다르타』전집 5권

34 개개인은 각자 어떻게든 살아가며 자연의 의지를
    실현한다는 점에서 경이롭고 주목할 만한 가치가 있다.
    각 개인의 내면에서 정신은 육신이 되고, 피조물은
    고통스러워하며, 구세주가 십자가에 못 박혀 있다.

    『데미안』전집 5권

35 그러나 나는 점점 더 빈번히 그 꿈과 조화를 이루지
    못하는 인식을 하게 되었다. 내 마음은 친구와 대화 중
    한마디 말, 책 속의 한 문장, 성서의 한 구절, 괴테의

글귀 하나에 어쩔 수 없이 사로잡혔다. 고독, 친구나
기쁨의 상실 때문에 그들은 내게 거친 언어로 말했다. 내
마음속에 고통이 둥지를 틀었다. 따지고 보면 하나같이
거들떠볼 가치도 없는 소리와 경고에 불과했건만, 이
모든 것은 자꾸만 상처 난 곳을 건드렸다. 그리고 그
모든 것은 내 꿈에 반대했다. 셰익스피어는 그 꿈을
조롱했고, 칸트는 그것을 공격했으며, 부처는 그것을
부정했다. 오직 고통만이 나를 자꾸만 그 꿈으로 도로
데려다주었다.

「도피처」 『관찰』 전집 10권

36 가끔 그는 자기 가슴속 깊은 곳에서 죽어가는 나지막한
소리, 그가 거의 알아들을 수 없을 정도로 조용히
경고하고 호소하는 소리를 느끼곤 했다. 그럴 때마다
그는 한순간 이렇게 의식하게 되었다. 내가 이상한
생활을 하고 있구나. 나는 지금 순전히 장난 같은 일을
하고 있구나. 사실 나는 명랑해져 있고 가끔 즐거움을
느끼기도 한다. 하지만 그런데도 본래적인 나의 삶은
나를 스쳐 지나가버리고 나와 맞닥뜨리지 않는구나,
하는 의식을 잠시 가져보기도 했다.

『싯다르타』 전집 5권

37 나는 혼돈의 저편에서 다시 자연과 무구함을
발견하겠다는 희망을 품고 혼돈을 끝까지 들여다보는

수밖에 없었다. 그 희망은 때로는 활활 타올랐고, 때로는
희미하게 소멸하기도 했다. 진정으로 정신을 차린, 깨어
있는 모든 인간은 한 번이나 여러 번, 황무지를 통과해
이런 좁은 길을 간다. 다른 사람들에게 그것에 관해
말하려는 것은 헛된 일일 테다.

「요약한 이력서」 『꿈길』 전집 6권

38 너의 내면에서 네 삶을 이루고 있는 것은 벌써 네가 할
일을 알고 있지. 무엇이든 알고 있고, 무엇이든 하려고
하고, 무엇이든 우리 자신보다 잘해나가려고 하는
무언가가 우리 내면에 있다는 것을 아는 것은 좋은
일이야.

『데미안』 전집 5권

39 우리 눈에 보이는 사물은 우리 마음속에 있는 사물인
거요. 우리가 마음속에 지닌 것과 다른 현실은 존재하지
않아요. 그러나 사람들 대부분은 외부의 영상을 현실로
생각하고, 내면세계에는 발언권을 주지 않기에 너무나도
비현실적인 삶을 살아요. 그러면서도 행복해질 수는
있겠지요. 그러나 일단 다른 길이 있음을 알고 나면,
사람들 대부분이 가는 길을 선택하지는 않을 겁니다.

『데미안』 전집 5권

40 하지만 이번에는 자기 성찰을 피할 수 없었다. 그리

오래 지나지 않아 나는 나의 고통의 책임을 바깥이
아니라 내면에서 찾을 수밖에 없다고 보았다. 다음의
사실을 통찰했기 때문이다. 전 세계가 광기와 조야함에
빠졌다고 비난할 권리가 어떤 인간이나 신에게도
없었고, 내게도 역시 조금도 없었다. 그러므로 내가 전체
세계가 돌아가는 형편과 갈등에 빠졌다면 나의 내면에
온갖 종류의 무질서가 존재하는 것이 분명했다. 그런데
보라, 실제로 거기에는 커다란 무질서가 존재했다.
이러한 무질서를 나 자신의 내면에서 움켜잡아 그것의
질서를 바로잡으려 하는 것은 즐거운 일이 아니었다.

「요약한 이력서」『꿈길』전집 6권

41 우리, 즉 당신과 나, 그리고 다른 몇 명의 사람들이
언젠가 세계를 쇄신하게 될지는 두고 봐야겠지요.
그러나 우리의 내면에서는 날마다 세계를 쇄신해야
합니다. 그렇지 않으면 우리는 아무것도 아닌 존재가
되고 말 거요.

『데미안』전집 5권

42 그들의 피비린내 나는 행위는 단지 내면의 방사,
내면에서 분열된 영혼의 방사에 불과했다. 그 영혼은
새로 태어나기 위해 미쳐 날뛰고, 죽이고 파괴하며,
말살하려 했다. 아주 큰 새가 알을 깨고 나오려 싸우고
있었다. 그 알은 세계였고, 그 세계는 산산조각이 나야만

했다.

『데미안』전집 5권

43 새는 알을 깨고 나오려고 애쓴다. 알은 세계다.
태어나려는 자는 하나의 세계를 파괴해야 한다. 새는
신을 향해 날아간다. 그 신의 이름은 아브락사스*다.

『데미안』전집 5권

44 시간은 정신의 발명품 중 한 가지다. 그것은 세상을
다양하고 복잡하게 만들고, 자신을 내적으로 더
괴롭히는 우아한 발명품이자 세련된 도구다! 인간은
갈구하는 모든 것으로부터 이 시간으로 인해서만 항상
격리된다. 이 훌륭한 발명품인 시간으로 인해서만!
인간이 자유로워지려면 무엇보다 버려야 할 버팀목이자
지팡이가 바로 시간이다.

「클라인과 바그너」『클링조어의 마지막 여름』전집 5권

45 우울증을 치료하는 좋은 약제가 있다. 노래, 경건한

---

* 신이면서 사탄인 존재로, 내면에 밝은 세계와 어두운 세계를 동시에 가지고 있다.
원래는 그리스 문자들의 나열을 뜻한다. 사람들은 이것이 마술적 효력을 갖고 있다
고 믿어서 부적이나 장식물에 새겼다. 2세기 영지주의 분파와 그 외 이원론 분파는
아브락사스를 인격화했고 때때로 태양신 숭배와 관련된 의식을 거행했다. 2세기
초 영지주의 교사인 바실리데스는 아브락사스를 최고신으로, 신성을 유출하는 원
천으로 보았다.

마음가짐, 음주, 음악 연주, 시 짓기, 방랑이 그것이다.
은둔자가 성무聖務 일과로 살아가듯 나는 그런 약제로
살아간다.

『방랑』 전집 6권

46 나의 시적 재능, 나의 문학작품의 가치에 대한
믿음은 내면에서 변화가 시작된 이래로 뿌리 뽑힌
채 있었다. 글쓰기는 내게 더 이상 진정한 즐거움을
주지 못했다. 하지만 인간은 즐거움을 누려야 한다.
아무리 어려운 상황에 처해 있을 때도 나는 이렇게
주장했다. 나는 정의와 이성, 삶과 세상의 의미를 포기할
수 있었다. 세상이 이런 온갖 추상적인 개념 없이도
아주 잘 돌아간다는 것을 알고 있었다. 하지만 약간의
즐거움만은 포기할 수 없었다. 이러한 약간의 즐거움에
대한 갈망, 그것은 이제 나의 내면에 있는 조그만 불꽃들
중 하나였다. 나는 그런 불꽃들을 아직 믿고 있었고, 그
불꽃들로 세상을 새롭게 재창조할 생각이었다. 흔히
나는 나의 즐거움, 꿈, 망각을 포도주 한 병에서 찾곤
했다. 포도주 한 병은 너무나 자주 나를 도와주었고,
그런 점에서 그것은 찬미받을 만하다.

「요약한 이력서」 『꿈길』 전집 6권

47 정신병 환자의 정당한 권리에 관한 복잡미묘한 질문은
건드리지 않고 그냥 놔두겠다. 말하자면 어떤 시대나

문화적 환경 속에서는, 온갖 이상의 희생물이 되어 그
시대 상황에 순응하기보다 정신병 환자가 되는 것이
오히려 더 품위 있고 고상하며 더 정당한 일이 아닐까
하는 섬찟하고 충격적인 질문 말이다. 니체 이후
세분화한 온갖 정신에 대한 언짢은 질문 말이다. 내가
쓰는 거의 모든 글의 주제는 그것이다.

『요양객』전집 7권

48 나는 오랫동안 고독하게 살아왔다. 그래서 완전한
고독을 맛본 사람들 사이에서만 가능한 공동체를
알게 되었다. 나는 행복한 사람들의 연회나 쾌활한
사람들의 잔치로 다시 돌아가기를 갈망하지 않았다.
다른 사람들의 공동생활을 바라볼 때도 결코 시샘이나
향수에 사로잡히지 않았다. 그리고 나는 '표지標識'를 단
사람들의 비밀에도 차츰 정통하게 되었다.

『데미안』전집 5권

49 이로써 모든 것을 획득한 것 같았다. 다시 말해
어딘가에, 숲속이든 바다든 안전하고 조용한 은신처나
피난처가 있다면, 내가 숨을 곳을 알고 있다면 말이다.
하지만 아무튼 사람이 없어야 하고, 걱정의 사자使者나
생각의 도둑이 없어야 한다. 편지나 전보, 신문도
없어야 하고, 어떤 종류든 문화 판매원도 없어야 한다.
그곳에 계곡물이 흐르고 폭포수가 떨어지거나, 갈색

암석에 조용히 햇볕이 내리쬐는 것은 괜찮다. 나비가
날아다니거나 염소가 풀을 뜯고, 도마뱀이 알을 품거나
갈매기가 둥지를 트는 것은 괜찮다. 나는 그곳에서 나의
평화, 나의 고독, 나의 잠과 꿈을 갖고 싶다.

「도피처」 『관찰』 전집 10권

50 방랑 생활의 무구함, 그리고 모성적 근원 및 법칙과
정신으로부터의 일탈, 자기 자신을 버리고 은밀하게
늘 죽음에 가까워지려는 속성은 벌써 오래전부터
골드문트의 영혼을 깊이 사로잡고 있었다. 그럼에도
그의 내면에 정신과 의지가 살아 있다는 사실, 그가
예술가라는 사실은 그의 삶을 풍요롭게 하고 꽃을
피운다.

『나르치스와 골드문트』 전집 8권

51 우리는 인간을 나약하고 이기적이며 비겁한 존재로
보는 법을 배워야 하며, 인간이 이런 나쁜 특성과
충동에 얼마나 깊이 관여하고 있는지도 간파해야 한다.
그러면서도 인간은 정신이고 사랑이며, 인간의 내면에는
본능을 거역하고 본능의 순화를 갈망하는 뭔가가 있음을
믿고 그것으로 영혼을 살찌워야 한다.

『유리알 유희』 전집 9권

52 인간이란 참으로 묘한 존재다. 가령 이상하게도 나는

희망이 충만한 중에도 가끔 고독에 대해, 아니 그뿐만
아니라 지루하고 공허한 나날에 대해 희미한 베일
너머로 어렴풋이 향수에 젖곤 했다.

『게르트루트』 전집 3권

53 하지만 우리 인간은 사라질 존재이자 변화하는
     존재이고, 가능성의 존재지. 우리 인간에게는 완전함도
     완벽한 존재도 있을 수 없어. 그렇지만 잠재적인
     것이 실현되고 가능성이 현실성으로 바뀔 때 우리
     인간은 참된 존재에 참여하게 된다네. 그때 완전한 것,
     신적인 것에 한 단계 더 다가가는 셈이지. 그것이 곧
     자아실현이라 할 수 있겠지.

『나르치스와 골드문트』 전집 8권

54 나는 이미 숱한 고독을 맛보았다. 이제 나는 더 깊은
     고독이 있으며, 그곳에서 벗어날 수 없음을 예감했다.

『데미안』 전집 5권

55 영혼의 내부에는 신뢰할 만한 마법이 있다. 영혼은
     전체를 추구하고, 모든 흠과 결점을 메우려고 애쓴다.
     영혼은 다른 영역에서 성과를 올려 모든 무능을
     보완하려 한다. 영혼은 삶을 찬미하고 그에 대해
     긍정적으로 말하며, 신을 찬양하도록 가장 민감하고
     가장 약하며 가장 불행한 사람에게서 가장 섬세하고

가장 내적이며 가장 사랑스러운 음악을 연주한다.

『책 속의 세계』 3권

56 고향이라는 것도 평소에는 별로 아쉬운 적 없어서 전혀
생각해보지 않는, 단순한 욕구에 속합니다. 그렇다고
해서 이 말이 조국을 의미하는 것은 아닙니다. 이는 보다
고상하고 정신적인 특성이자 욕구에 속합니다. 이는
어린 시절의 일들을 떠올리게 해주는 최상의 추억으로
보존된 상을 말합니다.

이러한 상이 그토록 아름다운 것은 고향이 다른
세계보다 절대적으로 더 아름답기 때문은 아닙니다. 이
상이 그토록 아름다운 것은 우리가 어린이다운 해맑은
눈으로, 처음으로 감사하는 마음을 품고 이를 보았기
때문입니다. 감상적인 생각이 아닙니다.

우리가 정신의 최고 단계에 이르지 못했을 때에도
우리가 갖는 가장 확실한 것, 이것이 고향입니다. 이것은
여러 가지로 이해할 수 있습니다. 고향은 풍경일 수도,
또는 정원이나 작업장이나 종소리일 수도, 또는 냄새일
수도 있습니다.

이때 문제 되는 것은 시간에 대한 추억이고, 인생에서
처음으로 느낀 가장 강렬하고 신성한 인상에 대한
추억입니다. 이것이 마음속 깊은 곳을 건드리고, 우리가
아주 어린 시절부터 지닌 조그맣고 확실한 보물을
건드립니다. 여기에는 여러 인상들이 서로 뒤섞여

있습니다. 사람들은 종종 이를 별로 중요하게 평가하지
않습니다. 하지만 이 모든 것이 합해지면 더 이상
수정하지 않아도 될 만큼 대단한 해결책이 됩니다.

『편지 모음』1권

57 가끔가다, 새가 부를 때나
또는 바람이 가지 사이를 스칠 때
또는 아주 먼 농장에서 개가 짖어댈 때
나는 오랫동안 귀 기울이며 침묵해야 하네.

잊힌 수천 년 전
새 그리고 부는 바람이
나와 비슷한 내 형제들이었을 때까지
내 영혼은 뒤로 도망치노라.

내 영혼은 나무가 되고
동물과 하늘에 떠 있는 구름이 되어,
낯선 모습으로 돌아와
어떻게 대답해야 할지 묻네.

「가끔가다」『시집』

58 내면으로 가는 길을 찾은 사람,
자신을 잊고 열렬히 몰두하는 가운데
자신의 뜻이 형상과 비유로서만

신과 세계를 선택한다는
지혜의 핵심을 예감한 자에게
모든 행위와 생각은
신과 세계를 내포하고 있는
자기 영혼과의 둘만의 대화가 되리니.

「내면으로 가는 길」『시집』

59 성장에는 항상 죽음이 내포되어 있다.

「한스에 대한 추억」『기념집에서』전집 10권

1877년	7월 2일, 독일 남부의 뷔르템베르크 주의 작은 도시 칼프에서 개신교 선교사인 요하네스 헤세Johannes Hesse, 1847~1916와 마리 군데르트 Marie Gundert, 1842~1902 사이에서 태어난다. 인도에서 활동하던 요하네스 헤세는 건강 문제로 귀국해, 고향에서 헤르만 군데르트 목사의 기독교 서적 출판 사업을 돕다가 그의 딸과 결혼했다. 마리 군데르트의 첫 남편 찰스 아이젠버그Charles Isenberg는 영국 출신의 선교사였는데, 그가 세상을 떠나자 마리는 서른두 살의 나이에 요하네스와 재혼했다. 헤세의 형제로는 누나 아델레, 여동생 마룰라, 남동생 한스가 있다.

1881년 (4세)   부모와 함께 스위스 바젤로 이주한다. 아버지가 바젤 선교사 학교에서 교사로 근무한다.

1886년 (9세)   가족이 다시 고향 칼프로 돌아오고, 헤세는 그곳에서 실업학교에 들어간다.

1890년 (13세)   괴핑겐의 라틴어 학교에 입학한다. 헤세의 부모는 스위스 시민권을 갱신하고, 시험 자격 취득을 위해 헤세는 11월 뷔르템베르크 주정부로부터 시민권을 취득한다.

1891년 (14세)   6월에 뷔르템베르크 주 시험에 합격한다. 9월에 케플러, 횔덜린 등을 배출한 명문 마울브론 신학교에 입학해 육 개월간 다닌다.

1892년 (15세)   3월 7일 마울브론 신학교에서 도망친다. 시인이 되기 위해, 혹은 아무것도 되지 않기 위해 자유로운 생활을 시도한다. 이후 바트 볼에 있는 크리스토프 블룸하르트Christoph Blumhardt의 요양원에서 치료받는다. 6월에 연상의 엘리제를 향한 짝사랑의 실패로 자살을 시도한다. 이후 8월까지 슈테텐 정신병원에 입원한다. 11월에 바트 칸슈타트 김나지움에 들어가 구 개월간 다닌다.

1893년 (16세)   주로 하이네의 시만 읽는다. 10월에 에슬링겐에서 서점 점원으로 근무하다가 삼 일 만에 달아난다. 그 후 아버지의 조수로 일한다.

1894년 (17세)   고향 칼프의 페로 시계탑 공장에서 십오 개월 동안 수습공으로 생활한다. 브라질로 이주 계획을 세운다.

1895년 (18세)   튀빙겐의 헤켄하우어 서점에서 약 삼 년간 점원으로 일한다.

1898년 (21세)   첫 시집 『낭만적인 노래』를 출간한다.

1899년 (22세)   습작 소설 「고슴도치Schweingel」를 썼으나 원
               고를 분실한다. 소설 『한밤중 뒤의 한 시간
               Eine Stunde hinter Mitternacht』을 출간한다. 9월부터
               1901년까지 바젤의 라이히 서점에서 일한다.

1900년 (23세)   『헤르만 라우셔의 글과 시의 유작집Hinterlassene
               Schriften und Gedichte von Hermann Lauscher』을 라이
               히 서점에서 출간한다.

1901년 (24세)   3월부터 5월까지 처음으로 이탈리아 여행을
               떠나 피렌체, 제노바, 피사, 베네치아 등지를
               돌아본다. 8월부터 1903년 초까지 바젤의 바
               텐빌 고서점에서 일한다.

1902년 (25세)   어머니가 사망한다. 베를린의 그로테 출판사
               에서 시집 『시들Gedichte』을 출간한다. 이 시
               집은 출간 직전 사망한 그의 어머니에게 헌
               정된다.

1903년 (26세)   서적과 관련해 두 번째 이탈리아 여행을 하
               며 피렌체와 베네치아를 둘러본다. 서점 점
               원 생활을 청산하고 집필에만 몰두한다.

1904년 (27세) 토마스 만과 처음으로 만난다. 베를린 피셔 출판사에서 집필을 의뢰받은 소설 『페터 카멘친트』를 출간해 신진 작가의 지위를 확보한다. 아홉 살 연상인 마리아 베르누이와 결혼해 7월에 보덴 호수 근교의 가이엔호펜 마을에 있는 농가로 이사하고, 작가 생활을 시작한다. 소설 『보카치오Boccaccio』 『아시시의 성 프란치스코Franz von Assisi』를 출간한다. 이후 약 구 년간 잡지 〈짐플리치시무스Simplicissimus〉 〈라인렌더Rheinländer〉 〈노이에 룬트샤우Neue Rundschau〉의 동인으로 활동한다.

1905년 (28세) 장남 브루노가 태어난다. 오스트리아의 문학상 바우어른펠트상Bauernfeld-Preis을 수상한다.

1906년 (29세) 『수레바퀴 밑에』를 피셔 출판사에서 출간한다. 빌헬름 2세의 권위에 도전하는 진보적인 주간지 〈3월März〉 창간에 참여해 1912년까지 공동 편집자로 활동한다.

1907년 (30세) 중단편집 『이 세상에서Diesseits』를 출간한다. 몬테 베리타 요양원에서 입원 치료를 받는다. 가이엔호펜에 집을 지어 자신만의 정원을 갖는다.

1908년 (31세)   중단편집『이웃 사람들Nachbarn』을 출간한다.

1909년 (32세)   차남 하이너가 태어난다. 스위스, 독일, 오스
트리아로 강연 여행을 다닌다. 1912년까지
헤트비히 요양원에서 프랑켈 박사에게 네 차
례 입원 치료를 받는다.

1910년 (33세)   뮌헨의 알베르트 랑겐 출판사에서 소설『게
르트루트』를 출간한다.

1911년 (34세)   삼남 마르틴이 태어난다. 시집『도상에서
Unterwegs』를 출간한다. 친구인 화가 한스 슈
투르체네거와 함께 삼 개월간 동방 여행을
한다. 가정의 파탄을 막기 위해 연말에 귀국
한다.

1912년 (35세)   단편집『우회로Umwege』를 출간한다. 베른 교
외에 있는, 죽은 화가 친구 알베르트 벨티
Albert Welti의 집으로 가족과 함께 이사한다.

1913년 (36세)   동방 여행 경험을 바탕으로 피셔 출판사에서
『인도에서Aus Indien』를 출간한다.

1914년 (37세)   결혼 문제를 주제로 한 장편소설『로스할데

Roßhalde』를 출간한다. 스위스 국적을 신청했으나 거부당한다. 7월에 1차대전이 일어나 자원했으나 시력 때문에 복무 불능 판정을 받는다. 베른의 '독일 전쟁포로 후원회'에서 일하며 전쟁포로와 억류자들을 위한 〈독일 억류자 신문Deutsche Interniertenzeitung〉의 공동 발행인, 〈독일 전쟁포로를 위한 총서Bücherei für deutsche Kriegsgefangene〉 〈독일 전쟁포로를 위한 일요판 전령Der Sonntagsbote für die deutschen Kriegsgefangenen〉의 발행인을 맡는다. 전쟁을 비판하는 글을 신문에 발표해 독일 국민의 반감을 사고, 또한 언론에서도 배척당한다. 자신의 출판사를 만들어 이후 1918년에서 1919년까지 스물두 권의 소책자를 펴낸다.

1915년 (38세)   소설 『크눌프』, 시집 『고독한 자의 음악Musik des Einsamen』, 단편집 『길가에서Am Weg』를 출간한다.

1916년 (39세)   3월에 아버지가 사망한다. 부인 마리아의 정신병이 악화되고 막내아들 마르틴이 중병에 걸리자 자신도 심한 신경쇠약에 시달린다. 루체른 근처 존마트의 요양원에서 심리학자 융의 제자인 랑 박사로부터 정신분석 치료를 받는다. 소설집 『청춘은 아름다워』를 출간한다.

1917년 (40세) 랑 박사의 권유로 수채화를 그리기 시작한다. 9월에 융과 처음으로 만나 그에게서 강한 인상을 받고, 그로부터 오 일 뒤 꿈속에서 『데미안』의 인물들을 만난다.

1919년 (42세) 『데미안』을 '에밀 싱클레어'라는 이름으로 출간해 호평받는다. 신인으로 오해받아 폰타네상Fontane-Preis이 수여되나 이를 사양하고, 9판부터 저자의 이름을 헤세로 밝힌다. 『작은 정원Kleiner Garten』 『동화집』을 출간한다. 『차라투스트라의 귀환』을 익명으로 출간하고 이듬해 베를린에서 실명으로 재출간한다. 잡지 〈비보스 보코Vivos voco〉를 창간해 이후 약 오 년간 공동 발행인으로 활동한다. 4월에 베른을 떠나 가족과 떨어져 테신 주의 중심 도시 루가노 근교의 농가와 소렌고의 숙소에 잠시 머무르다가, 5월 11일 몬타뇰라로 이사해 카사 카무치에서 1931년까지 거주한다. 우울증에 빠져 이후 일 년 반 동안 글을 쓰지 못한다.

1920년 (43세) 수채화의 시문집 『방랑』, 색채 소묘를 곁들인 열 편의 시를 담은 『화가의 시Gedichte des Malers』, 도스토옙스키에 대한 에세이 『혼돈을 들여다봄』, 단편집 『클링조어의 마지막 여름』

을 출간한다. 후고 발 부부와 가깝게 지낸다.

1921년 (44세)　　『시선집Ausgewählte Gedichte』을 출간한다. 2월과
5월에 융의 자택에서 정신분석 치료를 받으
며 창작의 위기를 극복한다. 『테신에서 그린
수채화 열한 점Elf Aquarelle aus dem Tessin』을 출
간한다.

1922년 (45세)　　소설 『싯다르타』를 출간한다.

1923년 (46세)　　산문집 『싱클레어의 비망록Sinclairs Notizbuch』을
출간한다. 봄과 가을, 바덴의 베레나호프 요양
호텔에서 치료를 받는다(이후 1952년까지 매년
이곳에서 요양 치료를 받는다). 사 년 전부터 별거
중이던 부인 베르누이와 9월에 이혼한다.

1924년 (47세)　　스위스 작가 리자 벵거의 딸인 루트 벵거와 결
혼한다. 스위스 국적을 재취득한다.

1925년 (48세)　　소설 『요양객』을 출간한다. 가을에 남독일로
강연 여행을 간다. 뮌헨에서 토마스 만을 방
문한다. 우울증이 재발해 12월부터 그다음
해 3월까지 랑 박사의 도움을 받는다.

1926년 (49세)   뉘른베르크 등지로 낭송 여행을 떠난다. 독
                일 프로이센 예술원 문학 분과 국제위원으로
                선출된다. 감상과 기행을 담은 문집 『그림책
                Bilderbuch』을 출간한다.

1927년 (50세)   소설 『황야의 늑대』, 산문집 『뉘른베르크 여
                행』을 출간한다. 후고 발 출판사에 의해 오십
                번째 생일 기념으로 자서전이 출간된다. 두
                번째 부인 루트 벵거의 요청으로 합의 이혼
                한다.

1928년 (51세)   산문집 『관찰Betrachtungen』과 시집 『위기』를
                출간한다. 빈 실러 재단의 메이스트리크상
                Mejstrik-Preis을 수상한다.

1929년 (52세)   시집 『밤의 위안Trost der Nacht』과 산문집 『세
                계 문학 총서Eine Bibliothek der Weltliteratur』를 출
                간한다.

1930년 (53세)   장편소설 『나르치스와 골드문트』를 출간한
                다. 프로이센 예술원에서 탈퇴한다.

1931년 (54세)   예술사가이자 역사학자인 니논 돌빈과 결혼
                한다. 친구인 한스 보트머가 빌려준 몬타뇰

라의 카사 로사(일명 카사 헤세)로 이사해 평생 그곳에서 거주한다. 소설집 『내면으로 가는 길』을 출간한다.

1932년 (55세) 산문집 『동방순례』를 출간한다. 장편소설 『유리알 유희』의 집필을 시작한다.

1933년 (56세) 소설집 『작은 세상』을 출간한다.

1934년 (57세) 시선집 『생명의 나무에서Vom Baum des Lebens』를 출간한다. 문학 계간지 〈노이에 룬트샤우 Neue Rundschau〉에 『유리알 유희』를 발표하기 시작한다.

1935년 (58세) 동생 한스가 자살한다. 『우화집Fabulierbuch』을 출간한다.

1936년 (59세) 스위스 최고 권위의 문학상인 고트프리트 켈러상Gottfried Keller-Preis을 수상한다. 시집 『정원에서 보낸 시간Stunden im Garten』을 출간한다.

1937년 (60세) 산문집 『기념집Gedenkblätter』과 시집 『신 시집Neue Gedichte』 『다리를 저는 소년Der lahme Knabe』을 출간한다.

1939년 (62세) 제2차세계대전이 발발한다. 나치스의 탄압으로 헤세의 작품들이 몰수되고 출판이 금지되어 『수레바퀴 밑에』『황야의 늑대』『관찰』『나르치스와 골드문트』가 더 이상 출간되지 못한다.

1942년 (65세) 『시집』이 스위스 취리히에서 출간된다.

1943년 (66세) 장편소설 『유리알 유희』를 출간한다.

1945년 (68세) 시선집 『꽃 핀 가지Der Blütenzweig』, 미완성 소설 『베르톨트Berthold』, 새로운 단편과 동화를 모은 『꿈길Traumfährte』을 출간한다. 전쟁이 끝난 후 정기적으로 실스마리아에서 여름을 보낸다.

1946년 (69세) 헤세의 작품이 다시 독일에서 나오기 시작한다. 『유리알 유희』로 노벨문학상, 괴테상을 수상한다. 정치적 평론집 『전쟁과 평화Krieg und Frieden』를 출간한다.

1947년 (70세) 베른 대학에서 명예 문학박사 학위를 받는다. 고향 칼프 시의 명예시민이 된다.

1950년 (73세)   빌헬름 라베 문학상Wilhelm Raabe-Literaturpreis을
수상한다.

1951년 (74세)   『후기 산문Späte Prosa』과 『서간집Briefe』을 출간
한다.

1952년 (75세)   일흔다섯 생일을 기념해 독일과 스위스에서
기념행사를 갖고, 주어캄프 출판사에서 『헤세
문학 전집Gesammelte Dichtungen』(전 6권)을 출간
한다.

1954년 (77세)   동화 『픽토르의 변신』을 출간한다. 로맹 롤
랑과 주고받은 편지를 모은 서한집 『헤르만
헤세와 로맹 롤랑의 서한집Briefwechsel, Hermann
Hesse-Romain Rolland』을 출간한다.

1955년 (78세)   후기 산문집 『마법으로 악령을 부름Beschwörungen』
을 출간한다. 독일출판협회의 평화상을 수상
한다.

1956년 (79세)   바덴-뷔르템베르크 지방의 독일예술후원회
가 '헤르만 헤세상'을 제정한다.

1957년 (80세)   탄생 80주년 기념사업으로, 『헤세 문학 전집』

을 증보해 『헤세 전집Gesammelte Schriften』(전 7권)
을 출간한다.

1962년 (85세)   몬타뇰라의 명예시민이 된다. 바이블러가
쓴 헤세 전기 『헤르만 헤세—한 편의 전기
Hermann Hesse. Eine Bibliographie』가 출간된다. 8월
9일 몬타뇰라에서 뇌출혈로 세상을 떠난다.
이틀 후 성 아본디오 묘지에 안장된다.

Hermann Hesse, *Gesammelte Werke*, zwölf Bände, Frankfurt am Main, Suhrkamp, 1970.

Hermann Hesse, *Ausgewählte Briefe*, Zusammengestellt von Hermann Hesse und Ninon Hesse, Frankfurt am Main, Suhrkamp, 1974.

Hermann Hesse, *Blick Ins Chaos*, Wentworth Press, 2018.

Hermann Hesse, *Die Gedichte*, Frankfurt am Main, Suhrkamp, 1977.

Hermann Hesse, *Die Kunst des Müßiggangs. Kurze Prosa aus dem Nachlaß*, Herausgegeben von Volker Michels, Frankfurt am Main, Suhrkamp, 1973.

Hermann Hesse, *Die Märchen*, Herausgegeben und mit einem Nachwort von Volker Michels, Frankfurt am Main, Suhrkamp, 2006.

Hermann Hesse, *Die Welt der Bücher*, Zusammengestellt von Volker Michels, Frankfurt am Main, Suhrkamp, 1977.

Hermann Hesse, *Die Welt im Buch*, In Zusammenarbeit mit Heiner Hesse herausgegeben von Volker Michels. Frankfurt am Main, Suhrkamp, Bd. 2, 1998; Bd. 3, 2000.

Hermann Hesse, *Freude am Garten*, Herausgegeben von Volker Michels, Berlin, Insel, 2012.

Hermann Hesse, *Gesammelte Briefe*, In Zusammenarbeit mit Heiner Hesse herausgegeben von Ursula und Volker Michels. Frankfurt am Main, Suhrkamp, Bd. 1, 1973; Bd. 2, 1979; Bd. 4, Frankfurt am Main, 1986.

Hermann Hesse, *Kleine Freuden. Kurze Prosa aus dem Nachlaß*, Herausgegeben von Volker Michels, Frankfurt am Main, Suhrkamp, 1977.

Hermann Hesse, *Politik des Gewissens. Die politischen Schriften*, Herausgegeben von Volker Michels, Frankfurt am Main, Suhrkamp, 1977.

헤르만 헤세의 묘지